逆襲される文明

日本人へ Ⅳ

塩野七生

文春新書

1140

現実的な考え方をする人がまちがうのは、
相手も現実的に考えるだろうから
バカなまねはしないにちがいない、
と思ったときである。

――ニコロ・マキアヴェッリ

逆襲される文明　日本人へ Ⅳ ◉ 目次

I

II

III

I

民主政が**危機**におちいるのは、
独裁者が**台頭**してきたからではない。
民主主義そのものに**内包**されていた**欠陥**が、
表面に**出**てきたときなのである。

（「ヨーロッパ人のホンネ」より）

国産で来た半世紀

処女作を書き始めていた頃だから、半世紀も昔の話になる。原稿用紙に向うのは大学の卒業論文以来というシロウトの担当をさせられた塙嘉彦は当時は『中央公論』の編集者だったが、二人とも、三十歳を中にした三歳ちがいと若かった。私が書いた原稿の問題点を洗い出す作業中に、その彼が言ったのである。

「翻訳文化の岩波に抗して、ボクたちは国産で行こう」

あの時代の岩波書店の影響力を考えれば、いかに若者は大志を抱けと言ったって暴論もよいところである。だが、言われた私も「OKそれで行きましょう」なんて答え、二人ともスポーツ選手でもあるかのように手をガッチと合わせたからお笑いだった。

十五年後に、塙さんは白血病で世を去る。残された私はその後も書きつづけたが、その私からは少しずつ、学者たちのメッカでもある岩波の存在が薄らいでいったのだ。彼が死んだから、ではなかった。ヴェネツィア共和国を書きマキアヴェッリも書き終えつつあった私の頭は、五百年昔のルネサンス時代に生きた人々と同じになっていたからだと思う。

ルネサンスとは、疑いから始まった精神運動である。一千年もの間キリスト教の教えに忠実に生きてきたのになぜ人間性は改善されなかったのか、という疑問をいだいた人々が、ならばキリスト教が存在しなかった古代では人は何を信じて生きていたのか、と考え始めたことから起った運動だ。だからこそ「古代復興」が、ルネサンスの最初の旗印になったのである。となれば頭の中はルネサンス人的になっていた私の次の関心が、古代に向ったのも自然な流れであった。

ところが、『ローマ人の物語』を書く勉強を始めながらあることに気づいたのである。書くためにはヨーロッパの学者たちの著作を読むのは不可欠だが、それをしているうちに、キリスト教がなかった古代を専門に研究しているにかかわらず、この人々の論調に、ヘソの緒が切れていないとでもいう感じをもつようになったのだ。彼らはどうあがこうと、キリスト教徒なのである。この種のヘソの緒が切れていない人々による古代研究を勉強しながらも、そこにある隙間が気になって仕方がなかった。

私はキリスト教徒ではない。と言って、無神論者でもない。日本式の八百よろずだが、これが多神教だった古代ローマへの接近の第一歩になった。なにしろ私にはヘソの緒自体がないのだから、切れたも切れないもない、ということになる。そして、絶大なる影響力をふるってきた岩波の翻訳文化とは、ヘソの緒が切れていない欧米人の著作を、もともとからしてヘソの緒のない日本人に向って伝達してきた、ということではなかったかと。

こう考えたら、気分は一挙に軽くなった。キリスト教徒でないのだからキリスト教が存在しない時代に生きた古代人を理解するのはより簡単にちがいないと思ったら、気が軽くなったのである。ＯＫその線で行きましょう、という感じで。

ヘソの緒なんて書いたが、これは意外と重要なのである。例えば私が、それが切れていない一人にこう質問したとしよう。キリストの教えが人々に救いをもたらすほどすばらしいものならば、なぜそれが帝国中に広まるまでにイエスの死から三百年もの歳月を要したのか。これに彼は、ローマ皇帝たちによる迫害があったからだ、と答えるだろう。しかし、皇帝たちによる迫害は、ネロ帝から始まったとしても散発的で、徹底した迫害が行われたのはイエスが十字架にかけられた時代からは三百年近くが過ぎた頃の四、五年である。このことは、キリスト教徒の学者たちも認めている史実で、だから、なぜ三百年も要したのかの問いに答えていない。

それに反してヘソの緒からしてない私の考えは、三百年の間ローマ人には、キリスト教が必要ではなかったのだ、となる。ローマの神々は自ら努力する人のかたわらにあってそれを助ける守護神であった。一方、キリスト教の神は、こう生きよ、と命ずる神である。そんじょそこらにいる神々ではなくて、唯一無二の最高神なのだ。イエスは死んでもその後の三百年、政治でも軍事でも経済でも機能していた帝国に住んでいたローマ人は、生き方まで命じてくる神は必要ではなかったのである。それが、機能しなくなったときに、必要とするように変わる。自信を失ったローマ人は、強力な存在にすがりたい、それを信ずることで救われたい、と思うようになる。『ローマ人の物語』の最後の三巻、キリスト教の台頭を描くその三巻に私が全力を投入したのは、キリスト教徒でない私だからこその、ローマ史上でのキリスト教の勝利を書くことに挑戦したかったからであった。なにしろこれまでに書かれた本格的なローマ史は、キリスト教徒によって書かれたものばかりであったのだから。

ところが私の仕事も、多神教の古代が終わって中世に移ったら、そこはもはや多神教ではなく、一神教の世界である。神となれば最高神だから、他の宗教の最高神とは敵対関係になる。おかげで中世は、キリスト教とイスラム教が激突する世界。それで、なぜこうも宗教ばかりがはばを利かせる社会になってしまったのかという想いで過ごしてきたのだが、その歳月も十二月の半ばに刊行される次作で終わりになる。

というわけで、ルネサンス、古代と書いてきたがゆえに到達した結論も書いておこう。

宗教は、人間が自信を失った時代に肥大化する。宗教が人々を助け救うという本来の姿でありつづけるべきと思うならば、政治でも経済でも機能していなければならないから、これらの俗事を馬鹿にしてはならない、ということ。

ちなみに国産路線で来た結果である私の作品だが、韓国と中国と台湾に〝輸出〟されている。村上春樹には比ぶべくもないが、これまでにもちょっとした外貨ならば稼いでいるのだ。国産で行こうと言った塙嘉彦が生きていたら、何と言うだろう。笑いながら、想定外が起るから人生は面白い、とでも言うだろうか。

イタリアの悲劇

消費が冷えこむとは、かくも怖ろしいとは知らなかった。イタリアはこの二年、厳しい緊縮政策のおかげで深酷な不況にあえいでいる。

かつてのイタリア人は、家族べったりと笑われるくらいに、家族を大切にする国民だった。だから、親が子を殺したり子が親をめった切りにしたりするような事件は、ほとんどと言ってよいくらいに起らなかったのである。政府は信用しなくても家族は信用するという感じで、国旗も、赤白緑の三色旗のうえにファミーリアと大書きされたものであるべきと言われていたくらい。それが今では、親と子や夫と妻の間に起きる家族内の殺生沙汰が、連日のように報道されるようになった。

失業者、短期の非正規、もともとからしての未就業者、といういずれも安定した職がないということでは共通している人々が、二十代に留まらず四十代にまで広まったからで、この人たちが狭い家の中で顔をつき合わせるがゆえに増えた現象なのである。それで家庭内殺生も、貧しい家にばかり起る。

学校を出たら就職し、親から離れて独立し、クリスマスや夏のヴァカンスのときだけ家族全員が顔をそろえる、というのがイタリア人の生活だった。それが、クリスマスでもなく夏休みでもないのに、家族は常に顔をつき合わせる状態になってしまったのだ。子供が小さい頃は、同居していても占有する空間ならば小さいから、狭い家でも気にならなかったにちがいない。それが四十男や三十女になっては、しかも職がないので稼ぎもなしとなっては、気にさわる存在になるのは当然である。それに、普通の人間にとって自尊心を維持するのは、職を通じてなのだ。それを拒絶されたのを忘れるために麻薬に走り、ゲーム賭博に手を出すようになる。それに要するカネは、親にせびるしかない。

以前からイタリアには、「カッサ・インテグラツィオーネ」という名の機関がある。辞書では「労働組合の給与補塡基金」と訳しているが、足りなくなると国庫から補塡しているから、実態は国による失業中の給与保証機関である。景気が悪化すると経営者は従業員をここに入れる。反対に上向くと従業員を呼びもどすので、景気悪化中は労働者をプールしておくのが、この基金のもともとの目的だった。かつては日本の労働法学者たちが大変に誉めた制度だが、私はその頃からすでに、経営者のモラルハザードになると見ていたのである。それでも右肩上がりの時代は、まあまあ機能していた。ところがそうでなくなった今、この基金に送られても呼びもどされる可能性無し、が常態化しつつある。しかも、いつまでも「カッサ」にいられる保証はない。

大企業に何十年も勤めてきた父親が、今や「カッサ・インテグラツィオーネ」中。母親は、夫が失業するとは思ってもいなかったので専業主婦のまま。大学まで出した息子は、就職氷河期の犠牲になって職が見つからない。未就職がつづいていると、経験者を求める求職からも遠のくばかりで、もうハローワークにさえも足を向けなくなった。同じく大学を出た娘は教職を望んでいたのだが、正規がなく非正規。毎朝二時間もかけて地方都市に行き一日二時間の授業を週に二日引き受けているのだが、それでもらう給料では独立などは夢。

これが、イタリアの労働者一家の、悲しいまでの現実である。口にしたちょっとした言葉が言われた側を深く傷つけるようになる。かつてイタリアの殺人は恋愛沙汰で起っていたのが、貧しさと将来への不安と自分もふくめた人間全般への怒りで起るようになってしまったのである。そしてこの悲劇の原因は、イタリアの企業が労賃の安い国に行ってしまったためにイタリア内の職が減少したことにもあるが、イタリアの事情によるところも大きいのだ。

消費が冷えこむことによる弊害は誰にもわかるが、イタリアではそれが、財政の健全化を最重要視したがゆえの増税と、それを厳密に実施するうえでの税務の警察化によっても起ってしまったのである。二十一パーセントであった消費税をさらに一パーセント上げるかどうかだけでも大変なのに、すでにイタリアの租税負担率は、平均しても五十三パーセントにもなっているのだから。

イタリアの税務署は、個人の銀行口座の中身まで調べることができるようになっている。国民総背番号制だからだが、この制度はもともとアングラマネー対策として考え出されたのだった。しかし制度には、いったん作られると拡大する性格がある。それで誰でも、収入の二十パーセントを超える支出があると税務署に眼をつけられ、呼び出されれば領収書を見せて証明する義務が課されるようになった。やましいことをしていなければ心配する必要はない、と言うのは税務署だが、五年昔にまでさかのぼって領収書を探すのにあわてふためくのは正直な納税者である。

こうしてイタリアでは、もともと余裕がないから消費しない人、正規社員ではあっても明日はリストラされるかもしれないので消費を控える人、に加えて、そのような職のない人までが消費しなくなってしまったのである。これが、家も自動車も売上三十パーセント減、という消費冷えこみの真因であり、消費が減れば失業者が増え、その失業者救済のために税金を上げ、それでまた消費が冷えこむという悪循環。政府は、従業員を新規に採用した企業には補助金を与えると決めたが、製品が売れないのに従業員を増やす企業があろうか。

今からは二千年も昔になるローマ時代、皇帝トライアヌスは、失業者救済のために増税するよりも収益の三分の一の本国イタリアへの投資を課した法のほうを成立させた。この人は五賢帝の一人とされているが、彼が賢帝である資格は、帝国の領土を最大にしたことよりも、職を作り出すことで、帝国の中心であったイタリア半島の空洞化を阻止したことにあると思っている。

帰国してみて

前回の帰国はごく短期間だったので、実質的な帰国は一年ぶりになる。それで今回は、久しぶりの帰国者に今の日本がどう映ったかを書いてみたい。

ちょうど国会が開会中だったので、本会議から予算委員会までを、衆参ともにテレビで〝観戦〟したのだった。

一年前に比べて安倍さんの顔は、イイ顔になっていた。自信を持って仕事している人は、美醜に関係なくイイ顔になるのである。帰国直後に見たイイ顔は、ロケットのイプシロンの責任者の顔だった。

また、安倍首相は、善処しますとか、やろうと思いますとか言わず、やります、と断言しているのは良い。彼が言うように、二十年間もバンカーに入ったままの日本をグリーンに乗せるには、打つことしかない、のだから。

ただし、胸の想いは充分でも、それを他者に伝える、と言うかその想いに他者までも巻き込むには、やはり言語の力が必要になってくる。それをどう効果的に駆使するかだが、実は身近なところに宝は埋まっているのだ。起承転結がそれで、これは古今東西の別なく国際競争力を持っている。

なぜかというと、話すことによって意を伝える場合、人は二種に別れる。前者は、長く話せば話すほど頭がはっきりしてくる人。後者は、長く話しているうちに頭がこんぐらってしまう人。私も、書く場合は前者だが、話すとなると後者になってしまうので、講演は大嫌いでいまだに下手。

どうも安倍首相も、後者の傾向があるのではないかと思う。長く話していると、声が上ずってくる。と言って一国の首相である以上、長く話すのを避けるわけにはいかない。それで、起承転結が救い舟になるというわけ。

まず第一に、メリハリがはっきりしてくる。つまりダラダラと話すのと正反対になるわけだが、それが成功すると、聴いた話を記事にまとめねばならない政治記者対策にも役立つ。重点が明確になるからで、明確に提示されては記者たちも、それを書かざるをえなくなる。反対にダラダラ話をされると記者たちもげんなりし、ついつい失言のほうを探す気分になってしまうのだ。この「戦術」は、政治記者に留まらず、質問者である野党議員に対しても、またテレビを見ている有権者に対しても、役立つと思う。そして、明快に話すには話す当人の頭の中も明快であることが求められるが、やります、という口調になった今の安倍首相ならば心配はないだろう。

二月にアメリカで行われたスピーチの全文を聴いていないのでそれがどこで使われたのかは知らないが、「ジャパン・イズ・バック」がもしも「起」として言われたのであったら満点の出来だった。

起承転結で話されたのでは堅苦しくなるのでは、という疑問にも、心配ありませんと答えられる。なぜなら、第二次の安倍首相には第一次のときとはちがって、ユーモアもウィットもあるらしいからだ。日本での女性の活用を問われたときに彼は、こう答えていた。リーマン・ブラザーズがもしもブラザーズだけでなく、ブラザーズ・アンド・シスターズであったらああいう結果には終わらなかったかも、と。これには議場にも笑いが広がったが、まじめなテーマをユーモアで包んで提示するやり方としてはなかなかの出来である。なぜならこの答えは、女性活性化の真の必要性までも突いていたのだから。

ユーモアで思い出したが、首相の横に坐っていた麻生大臣の答弁も、その端し端しにウイットがはさまれていて、聴いていて愉しいだけでなく、答弁の内容も納得がいくものだった。頭の出来も、廃車処分にすべきと思うしかない他の大物たちとは大ちがいである。また、この人の服装がマフィア的という人がいるようだが、その心配も無用。国際会議にも黒のボルサリーノで出席し、ウィットがありながらドスも効いた話し方を駆使してくれるならば、日本の国益に資すること大にちがいない。酒を傾けながらおしゃべりするにも、最適の人ですよ、きっと。

予算委員会の中継を見ていながら思ったのだが、このシステムもより活用したら、もっと国民の政治への関心を強めるのに役立つのではないだろうか。

例えば、答弁に起つのはいつも首相以下大臣たちでなく、副大臣や政務官たちにも答えさせる。日本の首相や大臣は、海外に出なさすぎる。もっと海外に出て積極的に、発信に努めるべきである。効果ある発信をするにはやはり首相や大臣だと相手側も心して聴くからだが、そのためにも首相や大臣はもっと活用されてよい。この人たちが外国出張中の委員会での答弁は、副大臣や政務官にさせるというわけ。そうすれば顔ぶれも変わり年齢も若くなり、活気に満ちた論戦が展開するようになるのではないかと思う。いつも同じ顔が質問し同じ顔が答えるよりもよほど新鮮で、若手の訓練にもなると思うのだが。

いずれにしても、予算委員会も面白くなった。昔のように、万年野党が万年与党に、威丈高になるのはこの場しかないという感じで怒鳴りつけ、それがわかっている与党側は外面《づら》だけ平身低頭することでやり過ごす、というようでなくなったのは喜ばしい。与党と野党の座が固定しなくなった、これも一つの進歩ではないかと思う。

最後に、女の政治家たちに一言。

なぜバカの一つ覚えみたいに、白や赤や黄色やピンクばかり着るのですか。原色のスーツで男の同僚たちとのちがいを示せると思っているとしたら、それだけで政治家は失格。「ジャパン・イズ・バック」を確実にするには、「ブラザーズ」だけでなく「アンド・シスターズ」でなければダメ。それには、スーツの色はグレイでもちがいは示せる気概は欠かせない。原色を捨てたところで、ほんとうの勝負に出てはいかが？

なぜ、ドイツはイタリアに勝てないのか

と言っても、サッカーの話である。

サッカーにかぎれば、文句なしの強豪は次の三つの国だろう。世界チャンピオンの栄冠に五度も輝いたブラジルを筆頭に、栄冠に輝くこと四度のイタリアと三度のドイツがつづくというわけ。マラドーナ、メッシと超のつくスター選手を輩出してきたアルゼンチンでも世界王座に登れたのは二度でしかなく、イギリス、フランス、スペインは一度でしかない。

ところが、ヨーロッパのサッカー強国では一、二を争うドイツなのに、他の国々には勝てても、相手がイタリアになるとなぜか勝てないのである。

この二国の対戦が世界規模のビッグマッチであることを強く印象づけたのは、西暦一九七〇年にメキシコで開催された世界選手権だが、あのときは準決勝で対決したドイツとイ

タリアは延長に次ぐ延長をシーソーゲームで戦い抜き、サッカーファンではない人までもテレビの前に釘づけにしたものだった。結果は、四対三でイタリアの勝ち。その後の決勝戦ではイタリアはペレ率いるブラジルに手もなく敗れるが、メキシコシティのサッカー場の壁に「PARTIDO DEL SIGLO」（世紀の試合）と刻まれた記念板で讃えられたのは、イタリアとドイツが死闘をくり広げた準決勝のほうであった。

あの年から今日までの四十三年間、イタリアとドイツは、計十九回対戦している。対戦成績は、イタリアの勝利は七回、ドイツが勝ったのは五回、引き分けが七回。この数字だけ見ると、世界チャンピオン二位と三位の国の対戦成績にふさわしいように見える。

ところがこの十九回の対戦の中には十二回もの「親善試合」もふくまれているのだ。そして、この種の試合の対戦成績になると、イタリアの勝ちが三回であったのに対し、ドイツが勝ったのは五回になり、引き分けは四回。

ただし、親善試合とは、ナショナルチームをまかされた監督が、公式戦ともなればベンチ要員で終わりがちの選手たちにも機会を与えることで、チーム全体の強化の道を探る意味のほうが大きい。ゆえに、親善試合と真剣勝負を同一視することはできないのである。

それで、十九戦から親善試合の十二戦を引いた真剣勝負の七試合の成績が問題になるわけだが、そうなると、イタリアの勝利は四度で引き分けが三度となり、ドイツは一度も勝っていない。つまりドイツは、四十三年間もの歳月、イタリアには負けつづけてきたということになる。イタリアとの試合はドイツの選手たちにとって、彼らの一人が告白したように、「悪夢」になったらしい。なにしろ、重要な試合になるや、あの何ごとにもだらしないイタリア人に半世紀近くも勝てないでいるのだから。

スペインでの世界選手権（一九八二年）では、決勝戦で激突したイタリアに、ドイツは一対三で敗れている。その後のヨーロッパ選手権では、一九八八年、一九九六年と引き分け。ところが二〇〇六年の世界選手権はドイツで開催されたというのに、そのドイツは準決勝で対戦したイタリアに〇対二で敗れたのだった。あの年の優勝国はイタリアだったから、より強い国が勝ったと言えなくもない。だが、その六年後にポーランドで開催されたヨーロッパ選手権でも、準決勝で対決したドイツはイタリアに、またも一対二で敗れたのである。そして、今のところは最後になる二〇一三年の親善試合でさえも、一対一の引き分けで終わるしかなかった。これではもう、ドイツのサッカー連盟の会長が、「もはやイタリアとの試合は、それが親善試合であろうと何であろうと関係なく、ドイツの威信と名誉がかかっている」と言って選手たちを叱咤したのもわからないでもない。なにしろ、世界選手権やヨーロッパ選手権のようなビッグな場でドイツチームが心密かに願うのが、自分たちと当たらないうちにイタリアチームが敗退してくれること、になってしまったのだから。

なぜ、優秀な選手を数多く擁し体力的にも恵まれているドイツのナショナルチームなのに、このドイツよりは好条件とはとても思えないイタリアチームに勝てないのか。

簡単に言ってしまえば、両国民の文化のちがいによるのである。考え方や生き方のちがい、と言い換えてもよい。始めからあらゆる事態を想定しておかないと気分が落ちつかず、その実施に際しても規律正しく律儀に進めるのが何よりも好きなドイツ人と、反対に自らの想像力に身を託して行動するのが大好きで、それゆえに作戦はあっても試合場に出るや忘れてしまうイタリア人。守備と攻撃の分担が明確なドイツチームに対し、そんなこと関係あるかと守備も攻撃も一丸となってゴールに殺到するイタリアチーム。「カテナッチョ」を突破できたと喜んだとたんに、イタリア側の守備陣の巧妙な動きでオフサイドにされてしまい、くやしがるドイツチーム。

秩序と無秩序の対決と言ってしまえばそれまでだが、秩序好きには手の内を敵に読まれやすいという欠点があるのだ。一度じっくりと、ドイツの闘いぶりを見て欲しい。サッカーファンでなくても、選手や球の行方が読めることに気づくだろう。

とはいえ、イタリアチームにも欠点はある。ファンタジアにはもともと、上手く行きそうだと感じたとたんに花開くという性質がある。だから、試合が始まるや立てつづけに五点ぐらい入れて、ファンタスティックに試合を進める意欲をつぶしてしまえばよいのだ。一点や二点ではダメ。それぐらいならばイタリアは、容易に挽回してしまう。だからイタリアとの試合では、スタート直後から大差をつけて絶望させるしか、ドイツチームにとっての勝ち目はないと思う。

たかがサッカー、ではないのだ。ドイツ人にとってイタリアに勝つことは、威信と名誉の問題になってしまったのだから。今夏に開催されるブラジルでの世界選手権も、この視点に立って愉しんでみてはどうでしょう。

ユーモアの効用

どうやら私が書く作品は、作者が意図した以上にまじめに受けとられているらしい。日本では、歴史とは学ぶために読むもので、楽しむために読む人が少ないということか。大新聞に載る書評も、きちんと書かれた作品に対してはまじめな論評で応ずるべきと信じているのか、まっとうな評価ばかりである。それを読む私が思わず、面白く読んだの、どうなの？　と問い返したいくらい。つまり、書評してくれたこと自体はありがたいのだが、その書評は、三年かけて書きあげた作品を刊行したばかりで疲労困憊の状態にいる私を、嬉しがらせ元気づける役割までは果してくれないのである。

それらに比べれば、ブログの匿名批評のほうがよほど正直だ。発表の場が大新聞でなく、しかも無記名、であるためか。そのうちの一つを紹介したい。刀折れ矢尽きた、という状態ではあっても生涯最後の一作を書くためにまずは体力を回復しなければ、と思っている今の私を面白がらせ、元気づけてくれたのがこれだったからである。

アマゾンに投稿された匿名コメントより

――『皇帝フリードリッヒ二世の生涯』上下巻は、内容は「一神教の弊害との戦い」というハードなものだが、非常に面白い。それも、思わず笑ってしまうという方向にも面白い。こんなに読者を「笑わせる」塩野作品はちょっと記憶にない（笑）。本書を読んで十分に一回くらいは笑ったような。ぱっと思い浮ぶだけでも、

・破門（一度目）――もうこれを見ただけでも笑ってしまった。（二度目、三度目もあるのかよ！）

・初夜の翌日、再婚相手ヨランダの女官を誘惑（大笑いした）。あれからどうなったのだろうと思いきや、下巻を読むと女子が誕生していたり（爆笑した）

・エジプトへシロクマを送ったエピソードへの突っ込みとか、鉄板の愛人エピソードや他にも諸々（笑）

しかし、判明しているだけでも十五人になるという女性関係だが氷山の一角だろう。最

高でどれだけ同時進行していたのだろうか。私レビュアーの最高記録は三人なのだけれども、まったく時間が無くなってしまう。かぶらないように神業の予定を組まなくてはいけないが、絶対に長くはもたない。組んだところで、必ずどこかで破綻する。自分がいったい何をやっているのかわからなくなる。頭の切り替えも、相当な困難を要する。そしてカネは、三倍かかる。カエサルやフリードリッヒのようにすべてをオープンにすれば可能だろうが、それはやりたくてもできない男の夢なのだ。同時進行の才覚ひとつとっても、天才はちがう。まねができない。

やや話が逸れた。フリードリッヒの部下になると相当ハードな仕事が待ち受けていたというが、それでも人が離れなかったのは作品中の作者の考察の他に、フリードリッヒ・コミュニティというのは、きっと楽しかったのだと思う。笑いも絶えなかったにちがいない。三度目の破門にもまわりは心配しつつも、大笑いしたのかもしれない。「うちのボス、また破門だってさ」「またかよ!」「この先何回破門される気なんだ(笑)」

そんなフリードリッヒのかもし出す雰囲気を、作者は読者を大笑いさせることで伝えたかったのだと思う。——

こう読んだ人もいるんですよ。というわけで少し元気になった私は気づいたのだ。匿名氏が笑ったという個所は、それを書いた私自身も笑いながら書いていたということに。「あなたという人は笑うしかないくらいにケシカラン男ですよ」などと独り言を言いながら書いていたのだから、それが読む人にも伝染したのだと思う。

とはいえ史実とは、既成概念を持たずに向い合うならば、笑ってしまう事柄に満ちているものでもある。私が書いた男たちの中でもマキアヴェッリとカエサルは相当に笑えることの多かった人物だが、この面にのみ光を当てて彼らを書いた作家がいるのだ。

サマセット・モーム、『昔も今も』——女をモノにしたい一心で『君主論』の作家に恥じない策略をめぐらせたマキアヴェッリだが、結局策士策に溺れることになってしまったという笑劇。

ベルトルト・ブレヒト、『カエサル氏のビジネス』——借金取りのはずがなぜか金庫番になってしまった男の側から見た、カエサルを描いた喜劇。ブレヒトによればカエサルは、「他人のカネを自分のものにしようとしたのではなく、他人のカネと自分のカネを区別しなかった」というのだから、このカエサルから借金をとり返すのも難事だったが、その人の金庫番を勤めるのも、借金取りに劣らないくらいの難事になるのである。傑作『三文オペラ』の作者ブレヒトは、煮ても焼いても食えない男であるカエサルを、カネの面に光を当てることで活写していた。

この二作品とも、日本語訳はある。だが、原文では笑えるのに日本語になると笑えない。なぜかと考えたのだが、それは訳者が、イギリスの文豪モームや東独きっての劇作家ブレヒトの作品ということで、まじめ一方で訳したからではないかと思うのだ。おかげで、笑いながら書いたにちがいないモームもブレヒトも、笑わない翻訳者を通したことで、読者にはその愉しさが伝わらなくなってしまったのではないか。私の場合は日本語で書き日本人が読んだから伝わったのではないか、と。

それにしてもユーモアとは、人間の持つ資質の中でも最も高等なものではないかと思っている。他者だけでなく自分自身も客観視できる能力であるからだが、現在の日本や世界で起っている諸々の不幸も、ユーモアで味つけするだけで印象が変わり、解決への道も見えてくるのではないか。一神教の弊害の最たるものは何か、ですって？　ユーモアに欠けていることですよ。そして日本人とは、本質的には多神教の民であることを思い起してほしいのだ。

三十代首相はイタリアを救えるか

イタリアは今、三十九歳になったばかりの一人の男を中心に動き始めている。五年の間フィレンツェの市長を勤めていたマッテオ・レンツィが、国会の議席を持ったこともなく、ましてや大臣の経験も無いというのに首相になったからで、まるで一年足らずという短期間に、ホップ・ステップ・ジャンプという感じ。地方自治体の長から政権与党の幹事長に、その後も間を置かずに総理大臣にまで昇りつめたのだから。

わずか一年前は与党幹事長選の候補者の一人にすぎなかったレンツィ、速攻に次ぐ速攻の戦果である。購読者が減る一方だった新聞の売れ行きは改善し、読者にソッポを向かれる一方だったテレビの視聴率までが上がってきたのも、国政への国民の関心がもどり始めたということか。

二年前にイタリアは、このまま行けばギリシアになると言われてあわて、大学の学長だったモンティを招いて首相になってもらい、この経済学者の求めるままに厳しい財政緊縮政策を実施したのである。ところがその結果は、ドスンと落下したとでもいう感じの不況で、消費が冷えきってしまった。なにしろ、二十二パーセントにまで上がった消費税もふくめて、国民の平均税負担率は五十三パーセントだというのだから、首都であるローマの都心なのにシャッターがつづくという惨状。

これでは困ると憲法で大権を与えられている大統領のナポリターノが首相に指名したのが、イタリア一の秀才校として名の高いピサの「ノルマーレ」で学び、与党である民主党の長老連からも評判の良いエンリコ・レッタである。多分四十代だからベテラン世代に属し、上品で人も良く英仏語をあやつり、オバマやメルケルとも上手くやって行くことはできる人だった。ただ、大学での卒論のテーマが予測計量学であったとかで、予測を計算していて一歩も踏み出せないでいるうちに、首相としての十カ月が過ぎてしまったのである。その結果は、耐久消費財の売れ行き三割減、失業率十三パーセント、三十五歳以下の失業率になると四十パーセント。もちろん、消費は冷えきったまま。それでいて税金は上がる一方。しかも上がるだけでなく、財務省が知恵をしぼった結果か、どの分野でどれくらい税が上がるかは、税理士でも納税時期の直前にならないとわからないという。そのうえ製造業には不可欠の電気も、原発をやめてしまったイタリアはお隣の原発大国フランスから買っているので、三割以上も高くつく。イタリアでの製造は減らす一方のフィアットは、納税地をイタリアからイギリスに移した。このようなことが許されない中小企業の経営者たち六万人が先日ローマに集まって抗議集会を開いていたが、その彼らの要求は次の事柄だったのである。

減税、電気料金の軽減、行政事務の簡易化、銀行の貸ししぶりの解消。でなければイタリア産業の九割を占めているこの人々は、新規採用などはとても不可能、と宣言したのだった。この声には、経団連も労組も唱和する始末。

これにはさすがに最大与党である民主党も危機感を持ったのだ。そこに三十九歳は、勝負に打って出る機を見たのだろう。自分ならばこれこれをこのようにやると言い、しかも期間まで明言して、党の幹部会に問うたのだった。結果は、九割が賛成。首相だったレッタは、国会で不信任されたのではなく、彼が属す、ゆえに彼を支持しなければならないはずの自党から不信任されたのである。これまではレッタを支援しつづけてきた大統領も、辞職願いを受理するしかなかった。

こうなれば、速攻の三十九歳だ。倒閣から五日目に組閣完了、一週間目にあたる今日は上院の信任を得、明日の下院での信任（確実）を得ればスタートが可能になる。イタリア人は、どうしようもない現情からの脱出を、三十九歳になったばかりの国政未経験者に託すことにしたのである。

私も三年前に彼について、「廃車処分」のすすめ、という題で書いたことがあった。三年前の彼は、既得権に安住しているだけの指導者たちは、右派左派問わず廃車処分にすべきだと主張し、自覚の長老やベテラン連中から総スカンを喰っていたのである。それが今や首相だ。

私が若い人たちの言い分を重視するのは、あと十年も生きない私よりも三十年は生きねばならない彼らに、どう生きていくかを決める権利ならば倍以上はある、と思っているからである。ただし、権利が倍以上もあることは認めるが、それを実績につなげていくのはあくまでも彼らしだい。たとえ上手く行かなかったとしても、責任の転嫁は認めない。レンツィも、フィレンツェ市長であった当時から、他者に責任を転嫁するのは、政治家のやることではない、と言っていた。

それで、三十九歳が率いる内閣だが、閣僚の数は十六人。そのうちの半分は女が占める。大臣たちの平均年齢は四十七歳だそうだが、年寄り世代の財務大臣を始めとして中高年世代もいるからで、印象としては「三十代内閣」。レンツィ率いる政府では、若者も女も、仕事ができることを実証しなければならなくなったのだった。

閣議は、首相が鈴を鳴らして開会する。その鈴を鳴らしながら、フィレンツェっ子らしくユーモアのセンスも絶大な三十九歳は、着席を終えた新大臣たちに向って言った。

「皆さん、休み時間は終わりです」

鈴を鳴らして勉強時間の再開を告げるのがイタリアの学校の慣習だから、鈴を手にしたとたんに冗談を言いたくなったのだろう。だがこのユーモアには、毒がある。レッタが首相の地位にあった十カ月間は、休み時間だったと言っているのだから。フィレンツェっ子は、他の地方のイタリア人に比べても気も強いのである。背は高いが顔はポッチャリしているこのレンツィがどう国際舞台でメルケルとやり合うのかは見物だが、日本の三十代も、まだ雑巾がけの時期です、なんて言っていないでがんばってほしい。政治権力とは、廃車世代からの禅譲を待つのではなく、自分から奪いに行くものなのだから。

プーチン×オバマ

クリミア半島が、どの国も望んでいなかった方向に動きつつある。クリミアは黒海の奥にあるのでヨーロッパの東の端に位置することになるが、それだけでなくヨーロッパの人々にとっては、クリミア戦争――セバストーポリ――ナイチンゲール――赤十字の誕生という連想が可能なように、単なる東欧の端っこではない。だが、あの戦争で敗れて以来、ロシアはクリミアへの執着を変えていない。それが今度も、問題の始まりだった。

こうまでなってしまった理由は、日本に帰国した直後にテレビで聴いた法政大学の下斗米教授が言っていたように、プーチンとオバマ双方の「ボタンのかけちがい」にある。あれを聴いたときは言い得て妙だと感心したが、どうしてそうなってしまったかと言うと、オバマに対するプーチンの軽蔑が遠因だった。

腰のすわらないオバマ外交への失望感は今やヨーロッパ諸国の首脳たちも共有していて、

なんであんな人にノーベル平和賞をやったのかとは、首脳にかぎらずヨーロッパでは一般的な想いになっている。オバマという人は、大義とはそれを捧げ持つ人を縛るという欠陥もあるという人間世界の現実を知らないのか。「清《せい》」のオバマに対し、現実の政治は「濁《だく》」も合わせ呑まないとやっていけないと考えるヨーロッパ側がオバマの外交にイライラするのも当然である。ところがこの大義大好きは世界最強の軍事力を持つ国のトップでもあるので、おかげでヨーロッパをおおっていたイライラは倍増していたというのが、ウクライナ問題直前の状態だった。

五百年も昔にすでに、マキアヴェッリは書いている。統治者は、愛されるよりも怖れられるほうがよいと。なぜなら、愛されるだけでは相手側に何をやってもかまわないと思わせてしまうからで、反対に怖れられていれば相手も行動に出る前に熟慮を重ねざるをえなくなり、それが暴走を阻止する役に立つ、というわけだ。

「清」一本槍のオバマは、軽蔑されていたのだ。反対に「清濁」のプーチンは、そこに眼をつけたのにちがいない。

もともとからしてクリミア半島と軍港セバストーポリはロシアに属すと、ロシア人は思っている。一方のヨーロッパ側は、クリミアも含めたウクライナを欲しかったかと言えば、少しも欲しくはなかった。財政の破綻が懸念されているウクライナをEUに入れてトクになることなど少しもなく、経済援助をしたり難民を救済したりで損になるだけ。

ゆえにヨーロッパの本音は、天然ガスが支障なくロシアからヨーロッパに流れてくれればよいということにしかなかった。そこに、面子《めんつ》をつぶされた想いのオバマがしゃしゃり出てきたので、問題の落としどころがわからなくなってしまったのである。

ただしプーチンにも、正義一本槍のオバマに対するに強気一本槍という欠点がある。それで、かけちがったボタンをかけ直すどころかそのままでの既成事実化の方向に突進してしまった。何やらバタバタと、クリミア併合を調印してしまったのだから。相手が退《ひ》くに退けないところに行ってしまう前に上手く待ったをかけるのが外交ならば、現今のクリミア問題とは、オバマ外交の失敗から起った、とするしかない。

それなのに公式外交の欧米側の当事者たちは、このオバマに引きずられているようだ。たしかに今回のプーチンの行動は明らかな国際法違反だから、非難し抗議するのは当然である。だがそれも、落としどころを視界に入れながら行わねばならない。ところがメルケルもキャメロンもオランドも、この種の役には器《うつわ》が足りないと来ている。その中でキャラが立っているのは、残念ながらプーチン一人なのである。経済制裁なんてこれまでどの国に対しても効果がなかったのに、このプーチン相手ではねえ、と思ってしまう。

にもかかわらず欧米側は、G8サミットには行かないとか、ロシアをG8から追放するとか言っているが、これに至ってはバカじゃないのと言いたい。開催地はロシアのソチで、だから主人役のプーチンはそこにいるわけで、G7の全員が押しかけてプーチンを説得し落としどころを決める好機ではないかと思うが、キャラの立っていないトップたちにはそういう考えさえも浮ばないようである。

私なぞは、マクドナルドのハンバーガーが大好きで赤の広場を横切っては食べに通っていたのをプーチンにからかわれていたメドヴェージェフのマクドナルド通いも、しばらくはお預けなのかと思うだけで笑えてしまうのだが。

なにしろヨーロッパとロシアの間はこれ以上もないくらいに密にかみ合っているのが現状で、公的な交渉役たちが立ち竦《すく》むという状態では、非公的な交渉役を使うしかないように思うのだ。

その一人は、ドイツの元首相のシュレイダー。国のためと有権者に不評な政策を断行したことで総選挙に敗れた彼に、ロシアとドイツのガスパイプの会社の会長をまかせたのはプーチンだった。左派政治家にしては型破りの彼とプーチンは、フィーリングが合う仲だったと言われている。もう一人はイタリアの元首相のベルルスコーニ。この人ともプーチンは何かと波長の合う仲にあるらしく、イタリアを公式訪問したときのプーチンは公的な会食を蹴ってまで、政界を追放されたはずのベルルスコーニと夕食を共にしたのだった。プーチンが好むのは、清一本槍よりも清濁合わせ呑むタイプの人らしい。

この二人を、非公式にプーチンの許に送りこみ説得させるのである。アメリカとちがってヨーロッパは、解決を急ぐ必要がある。経済制裁なんて悠長なことは言っていられないのは、早くも今年の冬からヨーロッパ中が冷えきってしまいかねないからである。

まあ落としどころは、現状の凍結、というところだろう。ヨーロッパ側がウクライナのめんどうを見るということで。プーチンも、その辺りで話をつけたほうがトクだと思う。ウクライナ東部までロシア化するようになれば、そこまでのめんどうを見るのは今度はロシアになるのだから。

政治家とおカネの不思議な関係

一カ月足らずの滞在だったが、帰国の目的の一つであった桜を賞《め》でながらにしても、多くのことを考えさせられた日本滞在だった。

その一つは、政治家とカネをめぐって起きた問題である。これまでは、政治家の政治生命を断つには選挙で落とすか女がからんだ醜聞によると思っていたのだが、これに借金までが加わるとは。なぜなら、私が書いてきた歴史上の男たちには、借金で政治生命を断たれた人はいなかったからで、それでいて全員が借金漬けだったのだから。

西洋中世の人であった皇帝フリードリッヒ二世は遺言状に借金を完済するよう言い遺しているほどで、相当な額の借金は常にあった。だが彼はその返済を、同時代の王たちのように、自国の領土の納税業務を債権者に一任するというやり方でしていない。カネを貸した側は、それを早く取りもどしたいと考えるものだ。それで、税の徴収も必要以上に厳しくなりがちなのである。皇帝フリードリッヒは、そうなるのを嫌ったのだった。公正な税制は、善政の根幹である。

古代ローマのユリウス・カエサルの〝借金哲学〟ともなると、もはや人を喰っているとしか言いようがない。なにしろ現代の研究者からさえも、他人のカネで革命を敢行した、なんて言われている男で、この人の一生は借金漬けの連続だった。それでいて、莫大になる一方の借金を気に病むどころか、借金を重ねることで支持者を固めていったのだから、貸し手にとっては居て欲しくない債務者の筆頭格である。借金とは多額になればなるほど債権者と債務者の力関係は逆転するという点に、彼は眼をつけたのだった。平たく言えば、大きすぎてつぶせない存在に、自分のほうからなったのである。

このカエサルの借金哲学がどのような考えの上に立っているかを、彼自身が『内乱記』の中で述べている。

「そこでカエサルは、大隊長や百人隊長たちからカネを借り、それを兵士の全員に配った。これは、一石二鳥の効果をもたらした。将官たちは自分のカネが無に帰さないためにも敢闘したし、最高司令官の気前の良さに感激した兵士たちは、全精神を投入して善戦したからである」

政治の場でもカエサルの〝借金哲学〟は、効果を産みつづける。彼をささえつづけるしかなくなった債権者という、支持者を増やして行ったのだから。

しかし、カエサルに貸しつづけた人の中には、彼の考えそのものに賛同していた人もいた。その代表格が、どうやらクラッススの死後からカエサルの最大債権者になっていたらしい、当時のローマ財界の大立者のマティウスである。この人がキケロに送った手紙の全文は『ローマ人の物語』の第五巻で訳したが、それはこの手紙くらい、なぜ人はカエサルにカネを貸しつづけたのかを納得させてくれるものもないからである。その中でマティウスは今では殺されてしまったカエサルを、たぐいまれな器量の持主であったと明言し、だからこそ「ローマ帝国の経済の活性化のためとはいえわれわれ金融業者には犠牲を強いる政策でも断行した人」ではあっても融資はしつづけたのだ、と書く。しかも、このカエサルはブルータス等によって暗殺されてしまったのだから借金も返済されていないにかかわらず、銀行家マティウスは、カエサルが後継者に指名していた青年アウグストゥスからのさらなる借金の求めにまで応じているのである。

マティウスがキケロに手紙を書いたのは、カエサル暗殺の思想上のリーダーと目されていた哲学者キケロがマティウスに、アウグストゥスからの借金の求めに応じないようにと言ってきたことへの返書であったのだ。古代のローマの指導者階級では、父親が死ぬと追悼のために大規模な競技会を催して市民たちを招待するのは、喪主になった息子の義務とされていた。ところが、公開されたカエサルの遺言状では後継者はアウグストゥスになっていたのに不満なアントニウス（クレオパトラとの仲で有名な）が、カエサル家の金庫を横取りしてしまい、おかげで喪主の義務を果せなくなりそうなアウグストゥスが、死んだ父とは親友の仲であったマティウスに、資金援助を求めたというわけだった。アントニウスとはちがう想いながらカエサルの思想の実現を望んでいなかったキケロが、マティウスに手紙を書き、融資をストップさせることでカエサルの始めた革命の継続までストップさせようとしたのである。

このキケロの進言を、マティウスははっきりと断わる。自分が行おうとしている資金援助は、「偉大な人物であり親しい友でもあった人を記念するための敬意をこめた贈物」であり、それを求めてきたアウグストゥスが、「カエサルの後継ぎとしてまことにふさわしい若者であることも、わたしにとっては無上の喜びであった」と書きながら。

こうしてマティウスは、共和政から帝政への移行というカエサルの思想の実現に、経済的なことにしろ重要な役割を果したのである。これもまた、三人の男の間に存在した、理想の共有の果実であろうか。

さて、現代の日本である。選挙資金としての記載上の問題は措《お》くとしても、何だかケチな話という印象しか浮んでこなかった。週刊誌にリークしたりすれば相手の政治生命を断つことになるのは確かなのに、いかに失望したとはいえ、そのようなことをやって何を得られるというのか。それよりも自分自身の人物鑑識力の欠如を反省すべきであり、でなければ、過去の一時期にしても理想を共有し、それを熱く語り合った時期が存在したことを人生の喜びと思い、カネはそのための出費であったと甘受する俠気《おとこぎ》。

いずれにしても、借金しただけで政治生命を断たれるような社会は、政治そのものを矮小化しかねない。借金することからして相当な勇気を要する行為だが、その種の勇気も人によっては、大胆な政治につながるかもしれないのである。ちなみに私には借金はないが、それは私が倫理的に上等に出来ているからではなく、ただ単に小心者であるからにすぎない。

ヨーロッパ人のホンネ

昨日、EUの今後を決める選挙がヨーロッパ全土で行われた。その結果は日本に報じられたに違いないので、繰り返さない。だが、ヨーロッパに住む日本人の一人として、われらが日本に学ぶべきことがあるとしたらそれは何か、については考えたのだった。

一、人間とは、いかに高邁な理想をかかげられてもそれにまで心が及ぶのは、一応にしろ政治的にも経済的にも不安を感じないですむ場合、でしかないこと。

昨今のヨーロッパ各国では、直訳すれば「EU懐疑派」と呼ばれる党派や運動が雨後の筍の如く輩出し、反ヨーロッパ連合的な言辞を連発しては広場に人を集めていたのである。極右に分類する人が多いのは、フランスにのみ注目しているからだろうが、イタリアの「五ツ星」のように既成権力はすべて人民裁判にかけると高言していた党派もあれば、ギリシアのように極左もいる。つまり、右左に関係なく既成政党に不満な人々を集めるのに成功した、ということだろう。

それで、反既成政党でその結果反EUであるこれらの党派の今回の投票結果だが、ギリシアとデンマークとフランスでは一位。イタリアでは、古い革袋にレンツィという新しい酒を入れた既成政党に大差をつけられはしたが、得票率ならば二位。与野党ともが票を減らしたスペインでは三位。この種の「EU懐疑派」の台頭を心配視しないで済んだのは、実にドイツだけであった。EUには片足しか突っこんでいないイギリスでも生れたばかりの英国独立党が第一位に躍り出たが、他の国々の事情を見れば英国でも、与党野党ともの既成政党による国内政治の失敗に、有権者が否と答えた結果かと思う。

要するに、ヨーロッパ連合という、二度とヨーロッパ内で戦争を起さないという高邁な理想をかかげてスタートした組織の今後を決める選挙だというのに、ヨーロッパ人は自国の内政への評価如何で答えたということになる。

とはいえ、この反応は健全とするしかない。判断を下す知力もそれを進めていく気力も、体力のささえがあってこそ十全に発揮できるのが、人間性の現実。そして体力とは、経済力である。人間、明日以後も食べていけるかどうかの不安の前には高邁な理想も世界での地位向上も知ったことではない、と思うほうが自然なのである。

二、指揮系統が明確でなく、それゆえに責任が誰にあるかも明確でない組織が、機能していくこと自体が不可能事であったこと。
民主政が危機におちいるのは、独裁者が台頭してきたからではない。民主主義そのものに内包されていた欠陥が、表面に出てきたときなのである。EUの本部が小国ベルギーの首都ブリュッセルに置かれている一事が示しているように、ヨーロッパ連合に参加している各国はいずれも平等な権利を有する。人口が五百万でも五千万でも関係なく、国内総生産に対する借金の上限を三パーセントと決めていることも、各国平等のこの精神を示している。

そのうえEUには、建前とはいえ、リーダー国はあってはならないと決まっている。だが、この種の考え方は理想かもしれないが、現実的ではない。なぜなら人類は、現代までの二千五百年にわたってあらゆる政体、つまり王政から共産主義までのあらゆる政体を考え出し実験してきたのだが、指導者のいない政体だけは考え出すことができなかったという事実を忘れているからである。民主政体も例外ではない。民主主義のプラス面とマイナス面の双方ともを直視した人とそれに共鳴する少数がリードして始めて、民主政体は機能する。ちなみに民主主義のマイナス面とは、多くの人に良かれと考えて政策を実施したところ誰一人満足しなかった、という結果に終わることなのだ。

民主主義下のリーダーにこそ、大いなる勇気と覚悟と人間性を熟知したうえでの悪辣なまでのしたたかさが求められると思っているが、実際上のEUのリーダーであるメルケルとオランドだが、この二人は右にあげた資格に欠けていることでも共通している。「やってはいけません」一筋のメルケルでは、まずもって気が滅入ってしまうからリーダーにはなれない。

もともとからしてリーダー不在の組織の機能性には懐疑的であった私だからか、少なくとも経済政策だけは自国内で規定する権利は堅持しつづけるべきだという想いを、ますます強めている。やってはいけないと言われるままにやらずにいたら、有権者たちから愛想づかしされたのが、EU内の国々の現情であったのだから。

三、外国人問題。

経済面での緊縮政策への不満と並んでヨーロッパ各国でEU懐疑派が台頭した理由の一つは、次から次へとやってくる不法移民に対して実効性のある対策を打ち出せないことにあった。人道的には、食べていけない国々から来る人々を助けるのは当然である。

だが、難民たちが食べていけると思っているヨーロッパでは、緊縮政策による不況もあって、そう簡単には食べていけない。イタリアの失業率は十三パーセントだが、若い世代となると二人に一人が失業者だ。また、政策当事者たちは口を揃えて、移民はヨーロッパの新しい力になると言うが、この人々と直《じ》かに接しなければならない層にとっては問題はそう簡単ではない。職を奪われるばかりか、居住の場さえも奪われかねない状態になっているのだから。

大声で騒いだり平然と不潔であったりして居住環境を悪化させ、値が下がったときに不動産を次々と取得していくのが、イタリアでの中国系移民の常套手段になっている。また、人権尊重を旗印にしてきた以上、労働力になる前に生活保障を与える義務を負うことになりかねない。

社会的・経済的に恵まれた人々の人道主義的な言辞ばかり聴いていては、ヨーロッパ人のほんとうの声には迫れないのではないかと思う。それでも、一つのことだけは言えそうな気はする。どこからも強制されたわけではないのだから、外国人を二十万人入れるなどということは、軽々しく口にしないほうがよいのではないかということである。

ある出版人の死

つい先日、粕谷一希《かずき》という名の一出版人が世を去った。八十四歳の死であったから、今の若い人たちには「という名の」としないと通じないかとそう書いたが、単なる編集者ではなく出版人としたい人である。出版という手段を駆使して、当時の思想界の動きを変えようとした人でもあった。敗戦後長く日本の言論界を支配してきた観念的理想主義に抗して、同じく理想主義でも現実的な視点に立つことの重要さを、数多くの才能に書かせることで日本に広めようとした人である。

彼が舞台にしていたのは『中央公論』で、当時のこの雑誌の販売部数は十五万もあったというから、名実ともに日本のオピニオンリーダーであったわけだ。いかに「質」が良くても「量」が充分でないと、つまりは適度にしろ読まれないと、影響力は持てないのである。福田恆存《つねあり》、永井陽之助、山崎正和、高坂正堯《こうさかまさたか》、萩原延壽《のぶとし》、この人々が、現実的理想主義の旗手たちであった。

この一事こそが粕谷一希の最大の業績と思うが、これに対する正当な評価はいずれ誰かがするにちがいないので、ここではごく内輪な話に留める。なにしろ、福田先生を除いた全員が、若いのは三十代に入ったばかり、年長者でも四十代という若さだった。これが、当時言われた「粕谷学校」である。ただ、学校と言っても粕谷さんが主宰するからには厳粛な雰囲気などは薬にしたくもなく、話されるテーマはまじめなものなのに常に笑いに包まれながら進むという具合で、年に二、三回しか帰国しない私には実に愉しく、それでいてためになる集いだった。プラトンの『シンポジオン』をまねてかどうかは知らないが、いつも美味い料理と酒つきであったのはもちろんだ。

あるとき、永井陽之助が言った。「アメリカで聴いたジョークなんだが、世界で四つ存在しないものがあるというんだ。アメリカ人の哲学者、イギリス人の作曲家、ドイツ人のコメディアン、日本人のプレイボーイ。これでは日本の外交が上手く行くはずもないよね」。まったく同感だ。プレイボーイとは、最少の投資で最大のリターンを得る才能の持主であり、日本の外交担当者は、常にこの逆であったのだから。

別のときに永井さんは、柔構造社会について話してくれた。「柔構造」を辞書は、剛性よりも弾性と安定性を主とする耐震構造で、経済や社会上でも、硬直的でないがゆえに弾力と復元力の強い構造、と説明している。

このときの永井さんの話は、その後も長く私の頭から離れない。『ローマ人の物語』を書いているときも、古代のローマは柔構造社会であったのか、と考えつづけた。なにしろ、国会に当る元老院での演説の冒頭は常に、「建国の父たちよ、新たに加わった者たちよ」で始める国であったのだ。こうなると、そのローマの社会構造はいつ頃から硬直化して行ったのか、また硬直化の原因は何であったのか、も考えたくなるのは当然である。

粕谷学校での私は最年少で一人だけの女の子でもあったので、ほんとうのところは相手にしてもらえないときのほうが多かった。それでも彼らは私に、からかうという感じでも忠告は与えてはくれたのである。

山崎正和は言った。「キミの作品はどの賞からも少しずれているんだ。だから、賞には縁がないと思ってあきらめるんだね」。私の頭はなぜか、美味い料理と酒が入るとフル回転するように出来ている。それでこのときも即座に言い返せたのだが、常に颯爽としている山崎さんには気後れがしたのか口には出せなかった。だが、胸の内ではつぶやいていたのだ。どの賞からも少しずれているということは、それらの賞の選考委員たちが該当作の範囲を少しばかり広げてくれさえすれば、たいていの賞はもらえるということですよね、と。しかし、今になって思えば、山崎さんの予言のほうが正しかったのである。私もこれまでにいくつかの賞はもらったが、そのほとんどは別の人との同時受賞で、この賞にふさわしいと万人が納得する感じの人との抱き合わせであったのだから。一度くらい一人で堂々と受賞してみたいと思うが、それも夢で終わりそう。

高坂正堯は私にとって、歴史にかかわることならば何でも話せる相手だった。それで何を書こうが真先に意見を聞くのが彼だったが、そのたびに高坂さんは、親切に問題点を指摘してくれたものである。

あるとき彼はこんなことを言った。「歴史を書きつづけているとメランコリックになるよ。ツヴァイクも自殺したし」

この言葉は私に、以後も長くつづく命題を与えたのである。ペシミストになるのはなぜか、そうならないで歴史を書きつづけるにはどうしたらよいか。これへの対策は見つけたのだが私の執筆活動の根本にふれることなので、くわしくは別の機会にゆずることにする。ただしこんな具合で、粕谷学校は私にさえも、眼を開かせ考えさせる機会を与えてくれたのである。

人に書物を勧めるのは、御節介のようで好きではない。だが、今回だけは禁を破る。まるで墓前に供える花束でもあるかのように、藤原書店から『粕谷一希随想集』三巻の刊行が始まった。粕谷さんが誰と会い、何を話し、その出会いが何を考えさせ、その果実がどのような形で発表されたかのすべてを網羅した三巻である。一昔前の日本に花開いた、知性の集合の観さえある。そしてこの三巻を読めばあらためて、永井陽之助、萩原延壽、山崎正和、高坂正堯の全著作も読みたくなるのではないか。この人たちの著作こそは電子書籍化して、緑陰で読むのに最適と思うのだが。電子書籍のメリットは、何十冊になろうとどこにでも持っていけることにあるのです。

女たちへ

夏というのに世界中で不穏なことばかり起きていて、夏休みどころではないようである。民間の航空機なのに撃墜され、パレスティーナではドンパチがエスカレートする一方。イタリアには、地中海の南岸につらなるイスラム諸国からの不法難民が押し寄せ、その数は七月までに十万人を越え、夏の終わりには二十万にまでなりそう。不安とは形にならない暴力、だとさえ思ってしまう。

と言ってこれらはまじめに考えても簡単には解決しそうもなく、またそんなことをしていたら夏バテになること必定で、今回は納涼法として軽い話をすることにした。

安倍首相は日本の女たちの活用に熱心とのことだが、それならばイタリアの首相のレンツィはすでに先行している。彼の内閣では、大臣の半数が女。総じて若くて美人でしかも子持ち。そのほとんど全員が、大臣や副大臣の経験はない。首相のレンツィからして大臣どころか国会議員の経験もなく、前歴はフィレンツェの市長だった男で、この三十九歳が市長時代からのスローガンであった「廃車処分」を、首相になっても続行したからである。言ってみればドラスティックな形での「世代交代」だが、これまでは政界の大物だった人でも故障が多発するようになった今は修理したぐらいではもう役に立たないので廃車処分場行き、というわけ。つまり、事実上の引退宣告である。日本語に直せば、「老害処分」。男女半々というのは内閣に限らず他の公職にも広がっていて、この頃では珍しくもなくなった。

始めの頃は私は、このやり方に疑いを持っていたのである。逆差別ではないかと思ったからだ。だがこの頃では、これも「有り」ではないかと考えるようになっている。というのはまず第一に、無理矢理にしろ、女たちにはその才能を発揮する機会を与えたこと。そして第二は、この方式も半年を過ぎた今となると、登用された女たちの中での優劣が明らかになることである。要職に就いているからには、カメラのフラッシュを常に向けられその前で話さねばならない。これで明らかになってしまう。政治家である以上は考えているだけでは不充分で、その考えを伝達する能力が求められる。いかに学生時代は優等生でも、それがイコール優れた政治家、とはかぎらないのだ。

それでも首相レンツィの強引なやり方は、一応の成果はあげたと言えるだろう。女大臣たちの三分の一は「デキル」ことを示したし、次の三分の一は、男であってもあの程度はやれたと思える成果。最後の三分の一だが、これはもう若くても廃車処分にするしかないのが明白になったのだから。男女の完全な均等とは、実のところは厳しく苛酷な制度なのである。

女の活用は大臣などの要職以外にも広まっていかないとほんとうの意味での活用にはならないのでそちらの方面に話を進めるが、それに際してわれわれ女たちはある一事をまじめに考えてみる必要がある。これまで長く女たちが活用されてこなかったのは、男たちが妨害したからか。それともわれわれ女の側に、戦略が欠けていたからか。つまり「男社会」と叫ぶだけで、われわれ女の無策による責任を転嫁してきはしなかったか。なにしろ男女同等を叫ぶこと七十年である。企業でも七十年も成果を出せなければ経営陣はクビだが、フェミニズムの世界ではこの原理は通用しないらしい。これって、普通に考えてもオカシクないですか。

男女間の格差は存在しない組織の一つとされてきた大新聞では、入社時に女の記者は、男と同等の仕事をするよう言われるのだという。こう言われて女記者たちはふるい立つらしいけれど、私ならばバカねえあんたたちも、と言うだろう。入社時の幹部の言は、無意識にしろ男たちの仕掛けた「罠」なのだ。無意識とするのは意識するほど男たちは頭が良くないからだが、大新聞となれば男社会だろう。男社会であるからには先行しているのは男たちであり、その男と同等の仕事をするということは、常に男の後を追っていくことになる。入社から停年退職までの間ずっと、後を追うことだけにエネルギーを費やすわけだ。実際これまでに、男を越えた仕事をした女記者はいたであろうか。男を越える仕事をして始めて、自分の才能を十全に発揮できると同時に、機会を与えてくれた組織へのお返しができるのに。

自分は「デキル」と思い、やる気もある女たちに、老婆心ながら進言したい。それは、男たちの多くから女らしいと思われたいという、心底では女たちの持っている願望はきっぱりと捨てることである。その理由の第一は、仕事に対しては男も女もないこと。理由の第二は、女らしいと思ってくれた男たちの全員と寝るわけにはいかない以上、寝たいと思う男一人が思ってくれればそれでよし、とするしかないという現実。

だが、こういう態度を貫くと世の男から、それもつまらない出来の男たちからの批判を浴びることになるだろう。女のくせにとか、女だてらにとか、男にモテないから仕事に精を出しているのだろう、とか。

こう言われてバカの一ツ覚えみたいにセクハラと叫んだり、言った男に陳謝させたりするのは、オリコウな対し方ではないと思う。それよりも機智とユーモアで言い返す、つまりは笑いのめすほうが、自らの才能に自信のある女にふさわしい。要するに他の男たちに、アイツもバカなことを言ったな、と思わせるように仕向けるわけです。

家を出れば七人の敵、なんて言葉は、われわれ女のものにしちゃいましょうよ。

この夏を忘れさせてくれた一冊の本

まったく今年の夏は、気候変動から始まってあらゆる不祥事が世界中で起ってくれた夏だった。

南国イタリアというのに北伊では雨が降りつづき、南伊は太陽が照りつける夏らしい夏だったが、こちらには地中海の南側からボロ舟に乗って押し寄せる不法難民が、まだ夏も終わっていないのに十万人を越える始末。ウクライナでは、親露と反露の間での腕相撲があいかわらず。あいかわらずなのは、イスラエルとパレスティーナの間のドンパチも同じ。そのうえ、中近東と中東と北アフリカのイスラム世界全体に、超とつくほどのイスラム原理主義が台頭し、そこに長く住んでいたキリスト教徒を追い払うに留まらず、取材中のアメリカ人の記者を捕えてその首をかっ切るという蛮行に及んで、世界中の心ある人々は凍りついたのだった。中世に逆もどりしたのか、と。まったく、私が八年前に書いた『ローマ亡き後の地中海世界』の一千年昔がもどってきたかのようである。

では、日本だけは嵐の外かと言うとそうではない。広島・長崎への原子爆弾投下に敗戦記念日と日本でも重要事は八月に集中しているが、今年はそれに加えて朝日新聞までが慰安婦問題の総括までしてくれる始末。何だか、週刊誌が特大号で一週間が開く時期を狙ったのかと思ってしまう。そのうえ広島県では大雨による土砂崩れで、多くの人命が失われたと、不幸な事件が起らないかぎり日本のことなどは報じないイタリアのテレビでも言っていた。

こんな具合で大事件が集中したのが今年の夏だったが、これらの諸問題をまじめに考えているばかりでは、精神面に悪い影響をもたらす怖れがある。白髪が増えるのはオバマにまかせておいて、権力も決定権も持たないわれわれは何か他に精神の安定に役立つものを見つけたほうがよいと思っていた私だが、そこで出会ったのが次の一冊だった。

タイトルは、『「ニッポン社会」入門』。サブタイトルには、「英国人記者の抱腹レポート」とある。著者は「デイリー・テレグラフ」の東京特派員で、名はコリン・ジョイス。出版元はNHK出版で、そこの生活人新書の中の一冊。そして、著者と一体化したのではないかと思うほど見事な日本語に訳した人は、谷岡健彦。

「抱腹レポート」というのも、誇大広告ではまったくない。帯に記された、「日本で暮らすなら、これだけは覚えておこう。」という部分を読むだけでも笑ってしまう。
○歌舞伎は歌舞伎町ではやっていない。
○「納豆は平気ですか」と三十回は聞かれる。
○作家とサッカーの違いは大きい。
○電車が遅れてると思う前に、君の時計を疑え。
また、「こうなれば君は日本で暮らしていける。」とした部分に至っては、自分にはユーモアのセンスがないと思っている人だって笑わずにはいられないだろう。
○電話を切るとき、思わずお辞儀をしてしまう。
○「お忙しいところすみませんが」と前置きして喋る。
○ゴミの分別に、異常に執着してしまう。
○シャツにプリントされたヘンな英語を読まなくなる。
○マスクを着けた人と笑わずに会話できるようになる。
○居酒屋で「お通し」が出てくると、ホッとする。
○お土産に味噌とスルメを持ち帰る。

このスルメに関して書かれた箇所は、私にも実証できる。イタリアに来た母は持ってきたスルメで、わが家の猫とたちまち良好な関係を築いたのだから。この他にも、目次を見ただけで笑っちゃう人は多いだろう。なにしろミスター・ジョイスは、プールに日本社会を見ただけでなく、「日本の『失われなかった』十年」と題してビールとサッカーを取り上げる人なのだから。と言っても、いちいち噴き出しながらも感心したところもあった。「トーキョー『裏』観光ガイド」と題された箇所である。東京生れの私でも、こういう散歩道があるとは知らなかった。今度帰国した時にでも、一応はガイジンである息子を誘って行ってみようかしら。

というわけで、コリン・ジョイス氏の一著は私に、うっとうしい夏を忘れさせてくれたのである。一度読んだだけではもったいなく、二度も読んでしまった。二度目も、ゲラゲラ笑うことには変わりはなかった。もしもこのうっとうしさがまだつづくようだと、三度目も読んでしまいそう。

この本は、私は知らなかったが八年前の二〇〇六年に出版されていたのである。それが二〇一四年の今年までにすでに二十刷。帯に六万部突破とあるから、少なくとも今までに六万人以上の日本人が、ゲラゲラ笑いながら愉しんだことになる。英語版、つまりは原書版も出版されているからそれも購入し、こういうところは英語ではこのように言うのかと、読み比べてみるのも一興かと思う。

まったく、上質のユーモアという武器を持たせたら、イギリス人にはかなわない。古代のローマ人はたとえ征服した民族でも彼らが得意とすることは彼らにまかせたが、例えば哲学とか造型美術とか、われわれ現代の日本人も日本論は、ミスター・ジョイスを読むので充分ではなかろうか。私だったらこの一冊を、新内閣の大臣たちから企業の首脳陣、そして新入社員に至るまでの、秋に入っての必読書に推すだろう。笑いという武器は、人間を冷静にするのに役に立つ。そうして冷徹な立場に立って人間世界を見ることは、難題ばかりの現実に対処するにはことのほか役立つと思うのだが。

朝日新聞叩きを越えて

八月の〝告白〟から始まって九月の社長謝罪を経て爆発した感じの朝日タタキだが、叩く側の想いもわからないではない。叩く側、それもとくに産経新聞は、以前から相当に厳密な検証に基づいた反論を展開してきたからで、彼らにしてみれば、ようやく誤報を認めたか、ついに社長も謝罪したか、と思ったとて当然である。

しかし、反朝日側には、次の一事は忘れないよう願いたい。つまり、目的はあくまでも、朝日の誤報によって悪化した海外からの日本への評価の改善にあり、朝日非難はその前段階にすぎないことを忘れないでほしいということだ。

朝日新聞の論調が他紙に比べて海外への影響力が強かったのは、外国人記者たちが朝日の記事を読み、良質だから信用置けると判断したからではない。日本では朝日新聞だけが、先進諸国のクオリティ・ペーパーと提携関係にあるからだ。ニューヨーク・タイムスやロンドンのタイムス、イタリアではコリエレ・デッラセーラの各紙だが、販売部数では二位や三位でも報道とそれに基づいた論調の質ではナンバーワンと自負しているのが、これらクオリティ・ペーパーの記者たちである。それで、自分たちと提携しているからには朝日もクオリティ・ペーパーにちがいなく、その朝日に載った記事ならば頭から信用して紹介してきた、というのが実情であった。この種の特権には、産経はもちろんのこと読売でも浴していない。ゆえに、いかに産経が執拗に反論を掲載しようと海外の報道人の眼にはふれなかった、としてもよいくらいである。

ならば、その朝日が誤報を認めたからには提携先の海外各紙も論調を改めるのか、と問われたら、残念ながらNOと答えるしかない。

朝日の告白や謝罪等々の一連の騒動は、彼らにしてみれば日本人の間に起きた騒動にすぎない。またインテリとは、自負すればするほど一度染められた考えに縛られる性向を持つ。そのうえ帝国主義を経験してきた彼らにとって戦場での女の存在は歴史的な現象であり、問題は唯一、国による強制的な連行の有無にあったのだ。その問題には朝日もいまだに、広い意味での強制性はあった、と言いつづけているのである。ゆえに、いかに朝日が英文で誤報の事実を発信しようと、読み過ごされてしまう可能性のほうが大きい。

ただしその朝日が廃刊になろうものなら、彼らはいっせいに報道するだろう。安倍政権とその同調者による日本の右傾化は日本の良質な新聞まで廃刊に追いこんだとして。今回の騒動の本質はあくまでも誤報の有無にあり、右派とか左派とかはまったく関係ない。だからこそ、それにつながる怖れのある言質は、絶対に与えてはいけない。

一連の朝日叩きでは言及されることの少なかった関係者全員の国会招致だが、この実現こそが今回の騒動を日本の国益に転化させる好機と思う考えは変わっていない。

ただし国会招致は、朝日を非難する場ではなく、真相を究明する場であることを肝に銘じておくことだ。でないと、これまた日本の右傾化の証拠とされかねない。それに、関係者全員の国会への招致とそのテレビでの放映は、一石二鳥どころか一石四鳥にもなりうるのである。

第一に、これまでの中国や韓国からの非難、日本は歴史に向い合っていないという非難に対し、ちゃんと向い合っていますよ、と言える機会になる。国会招致をしつこく続けていくこと自体が、何よりも「向い合う」ことになるのだから。

第二は、朝日側も招致には積極的に応ずるだろうという期待。朝日が怖れるのは、単なる部数の減少よりもクオリティの高い読者の離反にちがいない。なぜなら、彼らに離れられてはクオリティ・ペーパーと自負できなくなるからだが、この種の読者たちは謝罪などでは丸めこまれる人々ではなく、冷静で正確な証言のほうを重要視する人々である。

第三は、当時の政治担当者全員も招致するのだから多くは自民党の政治家になるが、現在は野党の民主や社民に属す人も招致されるのは当然だ。それで日本の一般大衆も始めて、ハト派とされてきた政治家たちを一堂のもとに見ることになる。彼らの表情、言い方、それによって顕わにされる彼らの考え。これは、タカ派ハト派を問わず日本のリーダーたちへの、有権者の冷静な判断力を高める役に立つはずである。

第四には、招致された人たちに質問する役を荷うことになる、国会議員たちの能力の向上への期待。この場は糾弾の場ではなくて真相究明の場であることを肝に銘じて臨むのは当然だが、だからこそ充分にお勉強したうえで質問を発してくださいね、選良の方々。

招致場には記者席をもうけ、外国人記者の傍聴おおいにけっこう、でいくべきである。彼らとて何だかしつこく続けている国会招致には好奇心を刺激され、聴きにくる人も増えるかもしれない。継続は力なり、なのだ。そうなれば始めて、口下手が常の日本の政府当局者たちの拙い発信などよりは百倍も有効な、日本への評価の改善になるだろう。

マキアヴェッリは、目的のためには手段は選ばず、などとは一言も書かなかった。だが、著作を読みこんでいくと、目的のためには有効ならば手段は選ばず、とは言っている。有効になるか否かは、意志の問題だ。慰安婦誤報で落ちた日本の評価の改善も、結局はわれわれ日本人全員の「意志」にかかっているのである。

日本人の意外なユーモアの才能

日本に帰ってきて滞在先のホテルでまず観るのは、国会の予算委員会あたりでの応酬だ。そして、もう少し気の利いた答弁はできないのかとタメ息をつくのもいつものこと。次いで必らず観るのが、日本の地方の人々の姿。風景や料理だけでなく農民や職人たちの仕事ぶりや話し方を観たり聴いたりしていると、長年外国に住んでいる私の心はなごんでくる。そして想う。日本人にユーモアの才能がないなんて、まったくの嘘だと。

それにしてもなぜ日本では、一般大衆のほうがユーモアの才に長けているのだろう。なぜ予算委員会あたりでの応酬は、いつになっても退屈なのか。帰国するたびにそんなことを考えていたのだが、この頃になってようやくわかったような気がする。

田舎（良い意味での）の人たちのユーモアは、意識しないで自然に口に出しているからではないか。それに正直に言おうと、誰からも告発される怖れはない。周囲も笑いで応じてくれる。しかも彼らは、相手の眼をきちんと見て話すし一生懸命に話す。また、話し方はトツトツとしていても簡潔に話すから、相手が外国人であっても相当な程度に正確に通ずる。思うことを正直に話すくらい、効果的なやり方はない。

ところがこの人たちよりは学識が高いはずの〝選良たち〟となると、とたんに相手への説得力が減少する。その要因は、いくつかあると思う。

まず第一に、場所が国会となるとなぜか全員がクソまじめになってしまうこと。それはおそらく、フザケているという同僚議員やマスコミからの非難を怖れてではないかと思う。また、フザケルナという非難はブログやツイッターでも寄せられるのが今の時代らしいから、それへの防衛策でもあるだろう。この種の非難をぶつけてくる人々はきっと、人間世界には冗談でしか伝えられない真実もある、という昔の人の智恵を知らないのにちがいない。要するに、常にピリピリしている精神的に貧しい人たちで、こういう人だけが突けそうと思うやキャンキャンわめくというわけだ。

ユーモアや冗談とは、刺身のツマや煮物についてくる山椒の葉のように、なくてもかまわない存在である。だがあれば、化学反応を起す。つまり、活きてくる。ああ私は今、美味い料理を食べているなと、食べている人に気づかせる役に立つ。

古代ローマのジャーナリストでもあった哲学者のキケロは、同時代人のユリウス・カエサルの演説をこう評した。どんな深刻な内容の演説をしなければならなくなっても、彼は常にユーモアとアイロニーで味つけすることを忘れなかった、と。ちなみにアイロニーとは、上質の冗談と考えてよい。

深刻でまじめな話ばかりだと、聴いている人は、もっともだとは思ってもげんなりする。退屈させてしまってはもはや、聴く人々を説得する力まで持つことはできない。だから、ときにユーモアで笑わせ、アイロニーであいつもヤルナと思わせることは、為政者にとっては大変に有効な戦術なのである。いや、政治家にかぎらずあらゆる分野でのリーダーにとっても、有効な戦術と思う。

なにしろ人間とは、注意力を発揮することはできてもそれを持続することはあまり得意でない動物なのだ。張りつめていては遅かれ早かれ切れることを無意識にしろ知っているからで、その防御策として気をゆるめる。禅の修行だって、時々パシっとやられるではないか。棒によるパシリの代わりに注意力に活を入れるのが、ユーモアやアイロニーというわけ。それを言葉でやるのだから、注意力喚起策としてもよほど平和的な手段だと思う。

日本に帰国するたびに感ずるのは、日本人とは想定していた事態への対処となると世界一だということだ。一週間しか間がないのにつづけて二度のスーパー台風に見舞われたにしては、被害の少なさは驚嘆ものであった。他の国ならば広大な地域が水びたしになり、各地で崖崩れが連発したにちがいない。御嶽山では被害大だったが、火山の噴火までは、現在の科学では想定不可能だからと思う。

だがその一方で、想定していなかった事態に直面したときに、日本人はまだまだ弱い。想定していなかった事態への対処だけでなく、想定していなかった質問をされた場合の答え方、思ってもみなかった行為をされたときの反応、等々。それを眼にするたびに私は思う。日本人て何とまじめなのだろう、何と人の良い民族なのだろうと。だが同時に心配になる。世界では、それも権力者ともなると、人が悪いほうが当り前なのだから。

どうも日本人は、何もかも正面から受け、正面からの攻撃で事態の打開を計ろうとする性向が強いように思う。何となく、正眼にかまえてという感じで。だが戦術には、忍者の戦法もあるんですよ。それがユーモアでありアイロニーである。ユーモアで相手との間に距離を保ち、アイロニーで突くという戦法だ。

かくも有効な武器を、国会の場やマスコミの論調で見かけないのは、フザケルナ、という非難を怖れているからではないか。それでいつも、国会の予算委員会での応酬は退屈きわまるものになって誰も聴かず、大新聞の論調も読者から相手にされなくなる、という結果になる。

言葉もまた筋肉と同じで、使わないでいると劣化するという性質をもつ。日本の地位の高い人々に対しての、フザケルナという非難を全廃してみてはどうだろう。そうすれば、庶民にはあるユーモアのセンスが、この人たちの間でも復活可能だと思うのだが。

中国に行ってきました

と言っても北京に一週間、ではあったけれど。中国語版『ローマ人の物語』十五巻の出版が完了したので招待されたからだが、新刊書の販売促進には熱心でない私でも、自分の作品を誰がどのように読んだかには興味がある。それで、中国行きをOKしたというわけだが、私の見た中国人はコワモテやシタタカどころか、笑っちゃうくらいに矛盾に満ちた人たちだった。なぜなら、あの大気汚染の中で、喫煙できる場所を探すのが東京以上にむずかしかったのだから。

一日目は、空港に着いてホテルに入りホテル内のレストランで出版社の人々との夕食で終わったのだが、その間中私の頭を占めていたのは、もともとからしての曇天なのか、それとも大気汚染の結果なのか、という想いだった。そしてこの疑問は、北京滞在の最後の日までつづくことになる。滞在最後になって晴天になってびっくりしたのだが、十日も後に開催されるというAPECのために工場の操業を止めたからだそう。青空の北京を見たかったら、国際行事に合わせて行くことだと痛感した。

　翌日は、正午から夜の十時まで北京大学。共同記者会見であろうと読者である大学生が相手であろうと、通訳を通しての回答には次の方法で通している。第一に、私の作品を訳した人に通訳もしてもらうこと。私の考え方に慣れた人に通訳してもらうのは、微妙な質問への回答に誤解が生じないためである。第二は、短いセンテンスで答えること。長くなったときには動詞で切ってしまう。これもまた、こちらの意を正確に伝えるための方策。

　尖閣問題についての質問はなかったが、歴史認識についての質問は日を変え人を変えて何度となく質問された。こういう問題には私でも真正面から答える。即ち、歴史事実は一つでも、その事実に対する認識は複数あって当然で、歴史認識までが一本化されようものならそのほうが歴史に接する態度としては誤りであり、しかも危険である、と答えたのだった。うなずいていたから、一応にしろ納得したのかもしれない。譲れない一線は誰であろうと譲らない、いや譲ってはかえって、相手の知性を軽視することになると私は思っている。

　とはいえ、この種の真剣勝負ばかりではない。翌日に行われた大型書店での読者との交流では笑いが起るほうが多かった。一例を引けば次のような具合。一人が、中国史上の人物では誰が好きか、と聞いてきた。私の答えは、曹操《そうそう》。なぜかとの問いには、セクシーだから、の一言。これにはただちに皆が笑ったから、通訳の必要はなかったのだ。以前には悪人としてしか評価されていなかったという曹操だが、今の中国の若者たちには大人気なのだそうである。

最後の山場は、中国金融博物館というところでのシンポジウム。国営企業ばかりという感じの北京で私営を誇りにしているこの博物館の理事長の王巍氏とは、こういう中国人もいてよいのかと心配になるくらいのリベラルっぽい人で、中国版『ローマ人』に推薦文を寄せてくれた人でもある。その推薦文によれば、私の書いたローマ史は「中華文明を鞭打つ原動力」になりうるものであり、その理由は古代のローマ人が実践していた、異教徒や異民族の受け入れと吸収に示された自信と寛容、正当な競争と開放の政策、自由の追求とそれを守り抜くことに示された人間性への洞察と権利の尊重にあるというのだから、非中国人の私としては、いやはやとでも言うしかないではないか。

面白かったのは、もう一人の相手方であった任志強氏である。簡単には笑わないという感じの面構えの人で、私はすぐさま「ミスター三国志」と名づけた。そのミスター三国志だが、国営企業の社長でいながらブログを通しての政府への批判も遠慮しないということで若い世代からの人気がすこぶる高く、それでいて仕事上の成果も高いので政府もめったなことでは手を出せないばかりか停年を三年も延長せざるをえなかったという人物。おかげで、書いた回想録もたちまち百万部売れちゃった、という人でもある。

このミスター三国志が私に言った。回想録は政府の検閲機関によって百五十箇所も削除されて薄くなってしまったが、あなたの国ではこの種のバトルは起らないでしょう、と。

私は笑いながら答えた。いや起りますよ。ただし日本では、バトルであろうとも資本主義的。出版社側が言うのは、このままでは部厚くなって値段も高くなるから売れ行きも落ちる。だから削除して薄くしてはどうか。これに対して著者は、神は細部に宿るなどという正論を振りかざして削れないと言い張る。と言ってももともとが資本主義的なバトルだから、結果もすこぶる資本主義的に落ちつくのです。つまり著者が、売れなくてもかまわない、と叫んで終りになる。ミスター三国志も、これには破顔一笑しましたね。

翻訳してくれた人たちも相当な強者ぞろいで、共産党員であってもガチガチの人は一人もいなかったのには笑ってしまったが、一人だけ会うことがかなわなかった人がいる。前二者と同じくこの人も私の作品の中国での出版の推進者であったということだが、不動産王と言われて名を王石という。この人は推薦文に、こんなかわいい感想を書いてくれた。

歴史的にはほぼ同時代に作られたローマ街道と万里の長城だが、そのどちらが国家と人民のために真に役立ったであろうか、と。ローマの街道網は「ローマの平和」(パクス・ロマーナ)の成立に役立ったが、万里の長城は「中国の平和」(パクス・シーナ)にはつながらなかった、と言ったのは生前の平岩外四であったことを思い出したのである。

脱・樹を見て森を見ず、の勧め

二〇一四年も終わりに近づいた現時点から見ていても、来たる二〇一五年もまた数多《あまた》の難問に直面せざるをえないことだけは確かなようである。なぜなら、二〇一四年に起った問題のほとんどが、解決のきざしすら見えない状態で残っているからで、そうなってしまった原因は、樹を見るのに熱中して森を見ることを忘れたために、単なる問題であったものも難問化してしまい、ゆえに二〇一五年もそれらをすべて引きずることになるからである。

人間世界にとっての「森」は、つまり最高の目的は、平和の樹立にあると思っている。「樹」は、その目的に達するための手段にすぎない。にもかかわらず人間とは、樹を前にしただけでどう枝葉を切り払うべきかで意見が分裂してしまい、言い争っているうちに樹は森の一部でしかないことを忘れてしまう。これを、「手段の目的化」という。「手段の目的化」による最大の弊害は、問題が横道に横道にと逸れていることに、誰もが気づかなくなってしまうことなのだ。ニッチもサッチも行かなくなってしまった難問題とは、手段の目的化の結果にすぎない。ウクライナ問題しかり、パレスティーナ問題しかり、ＥＵの経済政策しかり、そして日露・日中・日韓をめぐる諸々の問題もしかり、である。

ただし、平和の樹立こそが至高の目的とは言っても、いかなる犠牲を払っても成し遂げることまでは意味しない。歴史に親しむ歳月が重なった今、痛感していることが二つある。

第一は、人間とは、たとえ五十年間であろうと平和さえ保証されれば、相当な成果をあげる能力を持っているという、歴史上でも立証されている事実。

第二は、とは言えこうも生産性を高めることのできる平和とは、自由な精神の活動も同時に保証された状態での平和であり安定でなければならないということ。

私の家の近くに、皇帝アウグストゥス広場という名の広場がある。この初代皇帝が建造させた皇帝廟を中心に、テヴェレ河に面した一方にはこれまた彼が建てさせた「平和の祭壇」（アラ・パーチス）を、ムッソリーニが移築し、残る三方の二辺ともを古代ローマ式の円柱が立ち並ぶ回廊づくりにした一画だ。

ムッソリーニのローマ帝国への憧れはわかるが、そこを行き来するたびに考えてしまう。

なぜ古代ローマ時代の円柱に比べて、ファシズム時代の円柱は神経が通っていず、浮彫りもモザイク画も稚拙な出来なのか。なぜ、二千年も過ぎているのに、この程度のものしか作れなかったのか。第二次世界大戦に突入するまでのイタリアは、一応にしろ平和であり国内もそれなりに安定していたのである。だが、イタリア人の才能が最も効果的に発揮される造型分野での成果はこれだった。古代ギリシアのスパルタも、長い歳月にわたって国内は安定していたのである。それでいて、後世には何ひとつ遺せなかった。「スパルタ式」という言葉が遺っただけである。

一国の統治者が最も心しなければならないのは、このことではないかと思う。つまり、自由な精神活動は保証しつつも全体としては前に進むということで、「樹は見つつも森を見ることだけは常に忘れない」という心がまえ、と言い換えてもよい。

しかし、私もふくめた多くの日本人は、彼らのような公的な地位は持たず権力も持っていない。そのわれわれでも、「樹を見て森を見ず」に堕さないで済むにはどうすればよいのか。

まず、情報やデータなるものは頭から信じないことである。つまり、これらには常に距離を置いて臨む。樹を前にしてケンケンゴウゴウやっている人々を、離れた場所から眺めているということだが、これが情報洪水の現代ともなると大変にむずかしい。それで、物理的に断つ、という方法に訴えるしかない場合もある。なにしろ、放って置くだけで、情報やデータなりの津波に流されてしまうほうが普通の時代に生きているのである。流されたくなければ安全な場所に逃げるしかなく、その安全な場所が意識して断つことだが、それでもこれに努める価値は、充分にあると思う。

第一に、問題の本質を、つまり「森」を、見失わないため。第二は、樹を前にして激論し合っている人々はそれをするだけでおカネを稼いでいるのに、稼いでもいないわれわれまでが彼らに合流し、いつの間にやら問題が横道にそれていることによる弊害までも、ともに引っかぶる必要はないと思うからである。情報過剰時代に生きるうえでの、自己防衛策としてもよい。

そして、この種の自己防衛策さえ打ち立てれば、国政担当者たちにときに見られる、「樹は見つつも森を見ることも忘れていない」やり方に敏感に反応し、それに支持を与えることもできるようになるのではないか。距離を置くとか頭から信じないという考え方は、我関せず、とは同じではないのである。

とはいえ、私が勧めているのが実に困難な方法であるのはわかっている。何であれ信じてしまうほうが、精神的にはずっと楽チンなのだから。しかし、一年の最初ぐらいはむずかしいことに頭を使ってもよいのでは、と思う。アリストテレスも言っている。人間は政治的動物である、と。つまり人間は、やり方しだいでは、政治的人間にもなれるが、政治的動物にもなりかねない「アニマル」なのである。「樹を見て森を見ず」では、「政治的動物」になってしまう。政治的であろうと何であろうと、「人間」として生きたいとは思いませんか。

Ⅱ

ヨーロッパは、進歩したと思いこんできた
自分たちの文明に逆襲されているのである。

（「残暑の憂鬱」より）

一神教と多神教

日本人の多くが抱いている、「宗教はイコール平和的」という思いこみは捨てたほうがよい。宗教とは、それが一神教であればなおのこと、戦闘的であり攻撃的であるのが本質である。平和的に変わるのは天下を取った後からで、それでも他の宗教勢力に迫られていると感ずるや、たちまち攻撃的にもどる。そして代表的な一神教は、キリスト教とイスラム教とユダヤ教。

戦闘的で攻撃的なのが一神教の本質だが、それも彼らにすれば当然なのだ。一神教は、ただ一人の神しか認めていない。ゆえに他の神を信仰する人は真の教えに目覚めない哀れな人とされ、布教の対象になる。だがそれでもまだ目覚めない者は救いようのない「異教徒」（つまり敵）と見なされ、殺されようが奴隷に売られようが当然と思われていた。

一神教には、異教徒以外にも異端がいる。「異端」とは、真の教えには目覚めていたのだがその後誤った方向にずれてしまった信徒を指す。異教徒が「家の外の異分子」ならば、異端は「家の内の異分子」。イスラム教の側から見れば、キリスト教徒の欧米人もキリスト教徒ではない日本人も、異教徒であることでは同じなのだ。イスラム世界の内でも、シーア派にとってのスンニ派は異端で、スンニ派から見ればシーア派のほうが異端になる。

この一神教の対極にあるのが多神教である。古代のギリシアやローマの人々も多神教徒だったが、現代の多神教国は日本だと思う。

一神教と多神教のちがいは、神の数にはない。古代のローマ人も、合計すれば三十万になったという神々の全員を信仰していたわけではなかった。一人一人は守護神を持っていたが、それを他者に強制していない。それどころか、敗者になったカルタゴの神にも、勝者であるローマの神々の住まうカンピドリオの丘に神殿を建ててやったのだ。ローマ人の「寛容」の精神とは、他者が最も大切にしている存在を認めることにあったからである。日本人だって、お稲荷さんを信じていない人でも、境内に立つ狐の像を足蹴にしたりはしない。真の意味の寛容とは多神教のものであって、一神教のものではないのである。

それでも一神教であるキリスト教世界は、異教や異端への弾圧で荒れ狂い、十字軍まで起して大騒ぎした中世の一千年を経験し、ルネサンスや啓蒙主義を経て大人になったのである。一方、イスラム世界でも過激派となると、「大人」になることを頑強に拒否しつづける。つい最近のニュースでは、今は「イスラム国」の占領下にあるイラクの都市モスールでテレビでサッカーの試合を観ていた十三人の少年たちが、コーランの教えに純粋でないとされ、広場に引き出されて殺されたと報じていた。

たしかにコーランやハーディスは、異教や異端への憎悪に満ちている。彼らは敵なのだから、殺害も奴隷化も正当だと断言している。だがあれは、現代からは一千四百年も昔の七世紀の、それも二十年足らずの間の、苦闘していた時期のマホメッドの「教え」である。その後数年も経ずにイスラム勢力はシリアのダマスカスを征服して首都にするが、自分の説いた「教え」がアラビア半島から北アフリカにまで及んでいく大拡張時代を見ずにマホメッドは死んだのだ。敵に囲まれて戦闘的で攻撃的にならざるをえなかった時期のマホメッドの「教え」を、二十一世紀のイスラム過激派は、一千四百年も過ぎても踏襲すべきと主張しているのである。

宗教上の教えといえども、砂漠に向って説くわけではない。人間に向って説くのである。その人間は、信ずる宗教にかかわりなく、生きていくためには変化する時代に応じて変化せざるをえない。「教え」も、変化する人間を導くのに適するように変化するべきではないか。キリスト教世界だって中世では、十字軍に参加する信者を「キリストの戦士」と呼んでいた。だが、あれから八百年が過ぎた今は、歴史上の事象としてしか残っていない。それなのに、「イスラムの戦士」のほうは今なお健在。今なお健在ということは、「頑迷な保守主義」と同じことである。

西洋史上の見事な果実であるルネサンスは、何よりもまず反省から始まった。一千年もの間神さまの教えのとおりに生きてきたが、あれで良かったのだろうか、という疑いを抱いたことから始まったのである。華麗な絵画彫刻や地球を一つにしてしまった大航海は、その反省の後で新しい生き方を求めた人々による成果である。一方、反省することを知らないと、不都合なことが起るや責任を他者に転嫁するようになる。他者に責任を転嫁していては、自力での前進は望めない。

それでキリスト教世界は、一神教は守りながらもそれによる弊害からは逃れる道を探った。見つけたのが、政教分離である。聖書にも、神のものは神に皇帝のものは皇帝にと書いてあったから、というのが理由。大人になるとは、この種の抜け道を見出すことである。

われわれ日本人は、宗教的には寛容な民族である。なにしろ神の数だけでも八百万もいるうえ、政教分離でも、比叡山を焼打ちした信長によって早々にカタがついた。だから日本は、この面での問題に苦しまされることもなく生きてきたのだ。だからと言って、世界の他の地域ではそうでないことを知っておくべきだろう。善意で出て行ったのに足をすくわれた、という事態にならないためにも、である。

ローマに向けて進軍中

二月半ばに朝のテレビニュースを見ていたら、リビアの海岸の砂浜にオレンジ色の囚人服を着せられ一列にひざまずかされた二十一人のコプト派キリスト教徒のエジプトの男たちが、いっせいに首を斬られる光景が映し出された。しかし、この種の蛮行では刑執行直前になされる首斬人のスピーチだけは、いつものイラクの砂漠でのものとはちがっていたのである。短刀を突き出して脅す黒覆面の男は英語で、この向う側にはローマがある、と言ったのだ。

それはそうでしょう。北アフリカのリビアから見れば地中海をはさんで向い合っているのはイタリアなのだからと思ったが、翌日からのツイッターは、われわれは今やローマに向けて進軍中、というスローガンで埋まることになる。つまり、イラクやシリアのことかと思っていた「イスラム国」による攻勢は、今や北アフリカにまで迫っていると言いたいのか。

歴史を経ることで人間は進歩するとは思っていない。それどころか、しばしば大幅に退歩してしまい、その後で再び前進を再開するのが人間の歴史だと思っているくらいだ。とは言っても、一千年以上も昔の暗黒の中世にまで逆もどりというのもヒドイではないか。あの時代と現代のちがいは、当事者の多くがウェブ世代に属すということくらいで、それ以外はまったく変わっていない。異教徒でも同じイスラム教徒の異端でも人間ではなく家畜と同等とされ、ゆえに奴隷にされても斬首に処されても仕方なく、捕えた人間は身代金を払うならば釈放、というのも変わっていない。また、攻勢の最終目的地がローマというのも、彼らが最大の敵と考えているキリスト教の本山がローマにあるヴァティカンだからなのだ。

ちなみにイスラム教徒の宗教上の最高指導者とされている「カリフ」だが、彼らはカリフを、キリスト教徒にとってのローマ法王のような存在、と考えてきた。ところがそのカリフは、『十字軍物語』を書いていた当時の私が大好きだったサラディンによってまず骨抜きにされ、近代になるやトルコのアタチュルクによって制度自体が廃止になる。こういうわけでイスラム世界は、キリスト教世界のローマ法王のような存在がいないままで過ぎてきたのである。それで現代のイスラム過激派は、イスラム世界が分裂しているのはカリフが不在だからだと思いこんだらしい。「イスラム国」が自称カリフをトップにいただいているのも、彼らのこの面での願望を示しているのだと思う。キリスト教世界だってローマ法王はいても対立ばかりしてきたのだが、黒服に身を固めた現代のイスラム過激派は、他の文明の歴史には興味を抱かない人であるらしい。

いずれにしても、歴史はそのままではくり返さないものなのだ。一千二百年昔とちがって現代では、いかに地中海の向う側で大声でわめこうと、長靴の形をしたイタリア半島のつま先に位置する、地中海最大の島シチリア全土の占領までは考えないだろう。彼らは「攻め」には強くても、「守り」には弱い気がする。サッカーも音楽も美容院もタバコも厳禁という日常を、信心深いと自負するイスラム教徒でも長くは我慢できないと思うのだ。

とは言っても今や彼らは「攻め」の真最中である。ならばこちらも十字軍で反撃するか、となっては、われわれのほうも中世に逆もどりしてしまうことになる。なにしろ難民に経済援助をしただけなのに、お前の国も十字軍だ、と決めつける相手なのだから、今のところは打つ手はほとんど無い。

イタリアの現政権は難問漬けの状態だ。国内にかかえる大量の失業者に加え、北アフリカから続々と海を渡ってくる難民は人道上断わることもできず、それが今や「ローマに向けて進軍中」などと言われ、彼らの誰かが難民に紛れこんで来て聖《サン》ピエトロ広場で自爆騒ぎでも起したらと思うだけで、陽気なローマっ子たちの顔も冴えない。

日本にはこの種の心配はない。だが、ヨーロッパ諸国で起っている一匹狼を気取った個人テロならば、日本でも起る可能性はゼロではない。つまり、今のところは国であろうと個人であろうと自己防衛しかやれることはないのである。

このような事態への防衛策だが、もしも私が「イスラム国」の一員ならば、日本で狙うのは新幹線だろう。日本の技術の粋であることは世界中が知っており、その日本人を大量に巻き込んでの大惨事になること必定で、全世界に向けての宣伝効果としてはツインタワーに匹敵するからだ。こうなるともはや立派な安全保障の対象だから、政府が早急に取り組む価値は充分にある。

自分の作品を薦めるのはお節介に思えて好きではないが、今回だけは禁を破る。『ローマ亡き後の地中海世界』――地中海がイスラム教とキリスト教の激突の舞台になっていた、一千年を越える時代を書いている。主人公たちは、イスラム側は海賊。キリスト教側は海軍。この二巻を執筆していたときくらい、「拉致」という日本語を多用した時期はなかった。

『十字軍物語』――自分だけが正義の担い手であると信じて疑わず、それゆえに非人間的なことも平然と行う人間はキリスト教・イスラム教の別なくいた時代でも、相手を理解し歩み寄る努力をした人もまた存在したということを書いた作品。ただし、サラディンとリチャード獅子心王の間で展開するチャンバラでもあるから書く私も愉しくなり、おかげで『絵で見る』を加えれば四巻にもなってしまったのだけど。

テロという戦争への対策

私には、その国を訪れるたびにまずは足を向ける美術館がある。ロンドンでは大英博物館、ローマでは住んでいながら午後のひとときを過ごすという感じで向うカピトリーノとパラッツォ・マッシモの二カ所。チュニジアの首都チュニスにあるバルド美術館もその一つだった。幾度となく訪れているのだから、展示物のすべては知っているのに、行くたびに何かは学べた。机の上で研究書を読むのと現物を前にしながら考えるのとでは別物なのだ。バルド美術館の展示物の主力はこの地方がローマ帝国領であった時代のモザイクで、そのあまりの見事さに、帝国の穀倉と呼ばれた時代の北アフリカの経済と文化の水準の高さに驚嘆したものである。この地方から、皇帝の家庭教師が選ばれるのも当然だと。

このバルド美術館がイスラムの過激派に襲撃され、イタリア人四人をふくむ二十人もの観光客が殺された。日本人も三人殺されたという。イタリアは近いから、イタリア人の観光客が多いのは当然だ。でも日本からわざわざこの美術館を訪れるとはよほどのローマ史好きではないかと想像したら胸が痛んだ。

チュニジアは、アラブの春とか言われて一時は賞讃の的だった騒動の穏当な着地に、成功しつつあった唯一のイスラム教徒の国である。観光客ももどり始めていたし、隣国のリビアとちがって危険もないと思っていたのか、入館者の手荷物の検査さえもしていなかった。それにモザイクは鑑賞しやすいように壁面や床に張られているので、何か起っても隠れる場所がない。その人々に向って二、三人のテロリストが、カラシニコフを撃ちまくったのだろう。撃ちまくるのに熱中して自爆までは行かないうちにチュニジアの特殊部隊に殺されたようで、それだけは不幸中の幸であった。自爆していたら、モザイクは粉々になっていたであろうから。

それにしても、この種のテロに巻きこまれることまで自己責任とされるのであろうか。自己責任を問われるのは、行ってはいけないとの通達があったにかかわらずあえて行った場合ではないのか。少なくともイタリア政府は、テロの犠牲者に対しても、海外に派遣されている軍関係の犠牲者と同じ待遇を与えている。首相自らが、遺体の帰国を空港で出迎えるというやり方で。

日本政府は今後とも、どう対処するつもりなのであろうか。九・一一のときの犠牲者たちの帰国は、誰が出迎えたのだろう。そしてその後は？「見たことのない戦争が始まった」というからには、対テロも戦争である。ならば、犠牲者への対処法も、それなりの方法であるべきではないのか。

美術館は、渡航禁止令を出すこと自体が無駄なくらい世界中にある。しかも、ＩＳＩＳが敵視する先進国に多い。その館内で芸術作品を鑑賞中に殺された場合でも、自己責任とされてしまうのか。

また、イスラムの過激派は、無知を恥に思うどころか誇りにしているらしい。イスラム教の始祖マホメッドの生れる以前の世界には、人類は存在しなかったとでも言いたいかのようである。ゆえに「プレ・イスラム」（イスラム以前）も抹殺の対象になるわけで、キリスト教を敵視しているだけかと思っていたら大まちがい。メソポタミアもエジプトもギリシアもローマも、彼らにすれば立派に破壊の対象になる。先頃ティグリス河流域のハトラの遺跡が破壊されブルドーザーで地ならしまでされたと伝えられたが、あそこはオリエントの影響は強いにしろローマ時代の遺跡である。過去の時代の文明文化、つまりは人類の遺産という考えは、あの男たちにはないのだ。そのうえ同じイスラム教徒同士でも信じ方がちがえばもはや敵で、シーア派のモスクというだけで爆破された。歴史は、彼らの頭の中では、彼らの考える真の信仰への障害物でしかないのである。だから上野の国立博物館だって、安全と決まっているわけではない。

かつては人類も、大規模な破壊行為を断行した歴史がある。一度目の当事者はキリスト教徒で、二度目はイスラム教徒だった。

四世紀始めのローマ帝国の皇帝コンスタンティヌスは、キリスト教を公認したことで後世（キリスト教化したヨーロッパ）から大帝の尊称つきで呼ばれることになる皇帝だが、この人はキリスト教を認めただけで、他の宗教を排斥したわけではない。だが、その世紀の終わりに皇帝になったテオドシウスは、キリスト教をローマ帝国の国教と定め、他の宗教はすべて邪教と決めてしまったのである。なにしろ他の神を認めないのが一神教なのだから論理的には正しいのだが、その結果は大量な破壊だった。これら狂信の徒による蛮行が完全に収まったのは、一千年が過ぎたルネサンス時代になってからである。その間にどれほどの量の文明文化が失われたかを考えるだけで、暗澹たる想いにならざるをえない。

ちなみに、ギリシアのオリンピアで四年毎に開かれていた競技会を、異教的という理由で廃止したのもテオドシウス帝だった。

イスラム教のほうも負けてはいない。マホメッドの死後からのわずか一世紀の間に東はインダス河から西はスペインまでの大拡張時代に、彼らもまた破壊しまくったのである。なにしろイスラム教は、アラーの神だけでなく始祖マホメッドから何から、顔を描くことは厳禁している。それで、顔が描かれているだけで「邪」なのである。つまりISISも、新しいことをしているわけではないのだ。ただし、だいぶ昔ならばやったが今では〝卒業〟した行為を、もう一度やろうとしているのは確かなのだが。

地中海が大変なことになっている

チュニジアのバルド美術館で起ったテロ事件のように日本人の犠牲者が出たわけではないが、ある意味では日本の今後の難民政策にも、少なからぬ影響をもたらすかもしれない事態になっている。

地中海の中央に突き出た形のイタリアには、今年に入ってからはほとんど連日、一日に千人もの不法難民が上陸するようになった。だが、北アフリカを出てヨーロッパを目指す難民は、最近になって急に起った現象ではない。これまでも夏になると、ボロ漁船に身を託して北アフリカを出た難民が、個々別々という感じで来てはいたのである。

地中海は、広いとはいえ内海だ。それが夏ともなれば波が静かになるだけでなく天候も良く変わり、しかもこの季節特有の潮流に乗りさえすれば二、三日でイタリアの浜辺に着いてしまう。この程度の距離で、イタリアの最南端の島シチリアとチュニジアやリビアは向い合っているのである。だからこれまでにも、地中海をはさんでの南から北への不法難民という現象はあったのだ。

「難民」とは、生命の危険から逃れるとか食べていけなくなったという理由で自分の国を捨てる人のことだから、歴史上でも常に存在したのである。だが数年前までは散発的であったので、ヨーロッパ側も、人命救助の水準で処理できる規模と考えていた。私も五年前までの二十年間、『ローマ人の物語』や『ローマ亡き後の地中海世界』を書くうえでの勉強や調査で何度となく北アフリカを訪れたが、ローマからチュニスの飛行場に着いた後に時には遠出してアルジェリアやリビアの遺跡に行っても、身の危険を感じたことはない。あの頃は後に起る「アラブの春」とか「ジャスミン革命」はまだ爆発していず、これらの国々の独裁者たちも健在で、どうしようもないくらいに品位に欠ける彼らだったが少なくとも部族の勝手気ままは許さなかったので、現地の友人と二人だけで遺跡に行っても心配はなかった。それが今では、まったく変わってしまった。しかもリビアでだけ急激に。なぜか。

まず第一に、難民の〝生産地〟がぐっと広まったことがある。イラク、シリア、パレスティーナ、それにこれまでにもいた、中央アフリカの国々が加わる。そしてこれらの国々からの難民は、リビアに集中するようになった。エジプトから出ようにも、エジプトはエジプト式ながらも「アラブの春」から脱却しようとしていて、ということは中央政府が機能しているので、難民船も勝手は許されない。同じくジャスミン革命からの軟着陸に懸命なチュニジアも、ヨーロッパからの観光客による収益を無視できない以上、欧米人の嫌う不法行為はやれない。また、一応は安定しているアルジェリアとて同様だ。北アフリカ一帯ではリビアだけが独裁者カダフィを殺した後は内戦に突入してしまい、無政府状態が今なおつづいているのである。要するに部族間抗争が再燃したからで、政府だけでも二つある。そのうえ、無政府状態を温床とするISISまでが入り込んできたので、今の時点ではリビアだけが、もう何が何だかわからない混迷下にある。

無政府状態ゆえの混乱を温床にしているのは、ISISだけではない。イスラム教への信仰などは知ったことではないと思っている単なる無法者にも、今のリビアは天国だ。それでリビアの海岸一帯では、漁師からボロ漁船を安く買い、それに高額な、一人につき一千から三千ドルもの〝乗船代〟を払った難民たちを魚のカンヅメ顔負けの密度でつめこんで地中海に放つ。少額の乗船代しか払えない難民は船倉に追いこまれて外から鍵をかけられてしまうので、沈没でもしようものなら真先に死ぬ。だから、というわけでもないだろうが、難民を満載した漁船でもゴムボートでも、シチリアまでたどり着くことなどは考えていない。いまだリビアの領海内にいるというのに、スマホでSOSを発する。これを聴き流すことは許されないイタリアの海上保安庁や海軍が、自国の領海外であろうと救助に向い、救助し、自国内に連れ帰るというわけだ。自国の領海内で起ろうものなら、絶対に救助する義務がある。

この状況が、もはや夏冬に関係なく、一日に一千人という規模でつづくようになったのである。しかもイタリアを目指す難民が集結しているリビアには、百万人以上が待機中という。悲鳴をあげたイタリア政府の提唱で今日ブリュッセルで首脳会議が開かれているが、抜本的な対策には至らないだろう。なぜなら、難民を止めるには、彼らの国で起っている内戦を止めるしかないからだ。と言って、昔の植民帝国主義の再来と非難されること確実な解決策に乗り出す精神面での勇気も経済上の余裕も、もはや欧米にはない。だから、外国人労働者を毎年二十万人受け入れると言っている日本政府が全員引き受けますよとでも言おうものなら、ヨーロッパ中から感謝されるだろう。やってみますかね、安倍総理。

それよりも、尖閣諸島に北朝鮮あたりの難民が上陸してSOSを発した場合を想像したら笑ってしまった。国連の難民救済機関から非難されないためにも、主権国には救助に向う義務がある。そのあげく、日本と中国の船が尖閣諸島前で鉢合わせしちゃったりして。内戦こそが諸悪の根源だ。軽い気持ちで祖国を捨てる者はいない。家族が目の前で殺されたり明日の食もないから、住み慣れた地でも捨てるのである。「パクス」（平和）を確立したローマ帝国はやはり偉大だったと、思うこの頃です。

「イイ子主義」と一般人の想い

イタリアでは、でもとすべきかもしれないが、新聞の売れ行きは落ちる一方で、テレビの視聴率も下がる一方になっている。ちなみに新聞は宅配ではなく、毎朝家を出て近所のスタンドに行って買う。ゆえに毎朝新聞を読むのは相当に自主的な行為で、それをしない人が多くなると大新聞でも廃刊になる。

この販売数低下の原因を探るのに、イタリア人は、「ボニズモ」という新語を発明した。新造語だから日本にある「伊日辞典」にはのっていないが、「イイ子主義」とでもいう意味である。

新聞に記事を書く記者、雑誌に寄稿する学者、テレビでコメントする有識者、の大半がイイ子主義に陥ったあげく、ぶつのは正論ではあっても一般市民の実感から離れた意見ばかり。それで、多くの人が、読みもしなければ観もしなくなったのだという。

ニュースを知りたければ、スマホで簡単にわかる。アナログ人種には、国営放送ＲＡＩのチャンネルの一つが、四六時中ニュースを流しているし、画面の下に流れるテロップでは、東京の株式市場の終値まで教えてくれる。ＲＡＩの番組では、このチャンネルだけは視聴率が高い。

つまり、新聞が売れなくなりテレビの討論番組の視聴率が激減したのは、情報はタダ、だからというよりも、有識者顔をしたいインテリたちの御託宣はもうけっこうという、一般市民の想いの反映だというのだ。例をいくつかあげると、次のようになる。

難民問題――イタリアには、北アフリカから地中海に出て船に救助される難民と、トルコとギリシアを通過してくる難民が、一年を通して十万人以上入ってくる。海伝いと陸伝いの割合は、七対三というところ。以前ならば、食べていけなくなったからという経済難民だったので、強制的にしろ帰すことはできた。だがこの頃は、国にいたら殺されるという政治難民が多数になっている。中央アフリカや中東の内戦がいっこうに収まらないからだが、政治難民は受け入れねばならないというのが国連の方針だ。

有識者たちは言う。受け入れは人道上からも当然であり、われわれイタリア人もかつては、アメリカや南米に大量に移民したではないかと。

そのとおりで、現ニューヨーク市長はイタリア系だし、アルゼンチンのサッカー選手の試合ぶりを見ていてイタリア的なのに驚くが、彼らの多くはイタリア移民の子孫である。

しかし、一般市民は言う。かつてのイタリア人は移民先でゼロからスタートするのを覚悟していたのに対し、今の難民たちは何よりもまず、イタリア人と同じ待遇を要求するのだ、と。それに難民たちにも職は与えねばならないが、失業率十三パーセント、若年失業率に至っては四十パーセントにもなる国で、どうやれば彼らに、イタリア人並みの待遇まで保証する職を与えることができるのか、と。

大学や大新聞から定給を保証されている有識者たちは、この種の、彼らにすれば次元の低い問題にはふれない。ごく少数のフリーのジャーナリストがとりあげるときがあるが、そのたびに彼らはファシスト呼ばわりされ、右傾化の先鋒だと非難されている。

困り果てたイタリア政府はヨーロッパ連合に各国別の難民分配を提案したのだが、EUとは各国エゴの集団でもある。イギリスを始めとする北の国々は、断固としてノウ。一度はOKしたフランスも、前言をひるがえした。困ったイタリア政府からは、難民一人につき一日三十五ユーロを国庫から出して一般家庭に引き取ってもらうのはどうか、という珍案まで出る始末。もちろんのこと、それは税金に加算されるのだが。三十五ユーロとは現在の換算では五千円になるので、経済的には受け容れる家族が出てくるかもしれない。だが、職もなく言葉も解さないイスラム教徒と同居しつづけるのは、簡単な話ではない。イタリアの一般市民は、お偉方たちから先にやってよ、と言っている。

ＩＳＩＳ問題――今や「首斬り集団」と呼ばれるようになったイスラムの過激派集団だが、ここでも有識者と一般市民の想いは一致しない。

有識者たちは言う。もともとは二十世紀初頭に成された英仏両国による人工的な国境から端を発しているので、われわれにも責任はある。だから、その国境を撤廃しようという彼らの意図は理解してあげるべきだ。また、偶像崇拝は厳禁というのもコーランにあるのだから、彼らの文化と考えるべきだと言うのだ。

これに対し、バカ言っちゃいけない、と一般市民は言う。国境を撤廃するのは勝手だが、キリスト教徒からイスラム教徒でもちがう宗派まで殺しまくるのは許せない。偶像崇拝だって、イスラム教など存在していなかった古代のギリシアやローマ時代の都市や彫像まで破壊するのは、単なる狂的な振舞いに過ぎなく、その彼らに、寄りそってやるべきなんて言ってくれるな、というわけだ。ＩＳＩＳのおかげで難民が増えて困っているのに、という想いもある。

ここに紹介した一般市民の意見は、視聴者参加の時事番組をテレビで見ていて、それに参加していたイタリアの普通の老若男女の意見を拾いあげた結果にすぎない。ただし言いたかったのは、昨今言われるヨーロッパ人の右傾化も、有名メディアの報道だけに頼っていてはわからない、ということだ。

そしてこれを、若い頃に一度訪ねたシリアにあるローマ時代の遺跡パルミュラが、狂犬どもによって爆破されるのかと思いつつ書いている。

悲喜劇のＥＵ

民主主義はけっこうな考え方だが、そのけっこうな思想から人々の心が離れてしまうのは、実際に問題の解決となるといっこうに機能しないからである。

ギリシア問題、難民問題、と難題が山積みの現在のＥＵを見ていると、民主主義者の私でも絶望してしまう。

ＥＵとは、ヨーロッパ諸国の連合体である。第一次と第二次の大戦によってすさまじい打撃をこうむったヨーロッパが、二度とヨーロッパの国々の間では戦争をしない、という一点で始まった共同体だから、今に至るまでの七十年間戦争はしていない以上、当初の目的は成し遂げられたと言ってよい。

だが、これ以外の課題となると、ガタピシばかり起している。そのヨーロッパに半世紀も住んでいる私の眼から見ると、要因は次のいくつかに要約できるかと思う。

第一は、当初の六カ国から今では二十何カ国かに増えてしまったEUだが、二十数カ国がまとまれば相当な影響力を発揮できるはずなのに、一国でも反対すれば、いかなる政策も成立は不可、となっていること。多数決でさえもないのだ。全員一致なんて、マンションの管理委員会でさえも不可能なのに。

また、人口五千万の国でも人口五百万の国でも、EUの決定に投ずる票数は、一票で同じ。マンションでも票数は、各住戸の占める面積によって差がつけられているのである。国内総生産に対する財政赤字の割合も、国別の人口では差をつけてはいけないという理由で、どの国でも同じに三パーセント以下が要求されている。

人口五百万の国でホームレスをなくすことは、さしてむずかしい話ではない。だが、五千万の国では、ホームレス全廃は不可能だ。

すべてがこのような具合で、一国だけでは影響力がないから一緒になったのに、その中の一国が反対しているので一緒の行動もとれない、という笑うに笑えない状態でニッチもサッチもいかなくなっているのが、EUの現状なのである。

民主主義、その根元である権利の平等、を堅持したいのはわかる。だが、民主主義を機能させるには誰かが指導力を発揮しなければダメなのだが、それを率先して引き受ける胆力の持主が、人口五千万クラスの国の政治家にさえもいない。民主主義を唱えていれば民主主義は守れると信じている善男善女は、羊の群れを柵の中に入れるには羊一匹ずつの自由意志を尊重していてはいつになっても実現せず、羊飼いが追いこんでこそ現実化するのだという事実を、考える必要もないし考えたくもない、と思っているのであろうか。

ギリシアは、救済する必要はあるのか。

歴史的・文明的・文化的に見れば、答えは「イエス」である。ギリシアが入っていないと、ヨーロッパ連合とは言えなくなるからだ。なにしろ「ヨーロッパ」という言葉からして、二千五百年昔のギリシア人が発明したのである。言葉を創造したということは、理念も創造したということだ。

古代のギリシア語を受け継いだ古代のローマ人がラテン語に直し、そのラテン語を語源にして生れたのが、英語・仏語・独語の六十パーセントの言葉である。理工科系の言語はギリシア語を直接に語源にしたものが多いので、これまで加えれば、現代の欧米人の言語とそれに拠って立つ理念の八割までが、古代のギリシア人に負っているとしてもまちがいではない。

とはいえ、二千五百年昔のギリシア人と現代のギリシア人が似て非なる民族であるのはもちろんだ。われわれの知っている、ゆえに深い敬愛の想いなしには口にすることもできないギリシアは、その文明の象徴であったオリンピックが、キリスト教化したローマ皇帝によって四世紀末に廃止されたときに死んだのである。あの国では、歴史は中断されたままでつづいている。産業も、観光以外は事実上存在しない。この国を助けるということは、永久に援助しつづけることを意味する。産業がまったくない、京都とでも思って。

だからこそ、このギリシアを追い出したのでは、ヨーロッパとは言えなくなってしまうのだ。ゆえに、ギリシア救済とは、経済的な問題ではなく、政治的に処理する問題だと考えるべきなのだが、それを引き受けることに、ＥＵの首脳たちは踏み出せないでいる。世論の反対が、具体的には次の選挙が、恐《こわ》いからである。それで、時間だけが無駄に過ぎ、つまりすべての対策が「トゥーレイト」になり、ギリシアの状態は悪化しつづけるというわけだ。

メルケルとオランドが会って、ギリシアはＥＵに残るべきと公表する。しかし、どうしたら残れるかの具体策は、ブリュッセルに駐在している、いわゆる専門家たちに丸投げする。ところが、その専門家たちが上げてきた数字を見るや、あまりのひどさに動揺したメルケルは、政治的判断を下す勇気を失い、ギリシア側に言うのは、ダメよ、これではとてもダメよ、でしかなくなる。こうしてギリシア問題は延期につづく延期で、ギリシアに住む人の唯一の自衛策が銀行からユーロを引き出すことだけ、になってしまったのである。

政治リーダーに求められる最大の資質は、これこそ古今東西の別なく、胆力ではないかと思うこの頃だ。辞書は、この胆力を、何事にも動揺しない気力であり、度胸であると説明している。

なぜ、ドイツ人は嫌われるのか

ヨーロッパ連合の中で、ドイツが唯一の勝者であることは明らかだ。経済面での実績はその国のリーダーの発言の影響力にもひびいてくるから、首相メルケルが口を開くたびに注目が集るのも当然である。より多く衆知を集めればより良い政策につながるとはかぎらない、と思う私なので、ドイツがEUのリーダーになるのには賛成だ。しかし問題は、このドイツに指導力を発揮する勇気が有るのか無いのか、にある。

結論を先に言ってしまえば、無い。歴史的にも気質的にも、無い。なぜなら、指導力を発揮するには、勝つだけでは充分でなく、勝って譲る心がまえが必要になってくるからである。

勝っていながら「譲る」とは、敗者の立場にも立って考えるということで、これはもう想像力の問題であり、「一寸の虫にも五分の魂」があることを理解する、感受性の問題でもある。

徹底的に相手を打ちのめすのでは、勝ちはしても、その相手まで巻きこんでの新秩序づくりはできない。つまり、多民族から成る共同体のリーダーにはなれない。

多民族国家とは、考え方も生き方もちがう民族が集まって、そのどの民族にも利益をもたらすことだけは確かな根元的な一つの方針、ローマ帝国の場合だと「パクス・ロマーナ」(ローマの平和)、を打ち立て、それに反しないかぎりは各民族とも自由という、ゆるやかでしなやかな柔構造社会のことである。これが二百年にもわたって実現できたのも、勝者であるローマが、勝っただけではなく、その後では譲ったからであった。

ドイツ人には、歴史的にも気質的にも、これが無い。あれほども各方面にわたって超一流の才能に恵まれた人々を輩出していながら、国家となると、この冷徹な考え方ができない。また、自己制御も不得手なので、いったん走り出すと止まらなくなる。

私がナチスを憎悪するのは、六百万ものユダヤ人を殺したからというだけではなく、六百万もの人間を、快感でもあるかのように、冷酷に陰惨に肉体的にも精神的にも追いつめて行ったやり方にある。この想いは、昨今問題になっているギリシアへの、ドイツの対処を見ていても感じた。

現在のギリシア人が、二千五百年昔の輝やけるギリシア人とは似て非なる民族であるのはたしかで、経済上でも今のギリシアは、破綻国家である。まじめ一方のドイツ人が我慢ならないのもわかる。だが、私ならば、このギリシア問題はこうして解決する。

まず、借金の半分は棒引き。そして、残りの半分も返済期間を長くし、ギリシアが、EUからの援助金をそのまま借金の返済と利子の支払いにまわさないですむようにする。そうしておいて、あの国の唯一の産業である観光と、日常生活に必要な物産くらいは自国内で生産できるよう、中小企業の振興に努める。

だが、これもドイツ人は気に入らない。彼らは、ギリシアも、ドイツやオランダと同じ努力をすべき、と言うのだ。しかもその努力目標も、出したり引っこめたりをつづけるから、ギリシアにとっては生殺し状態がつづくというわけ。ドイツ人たちも、ギムナジウムではアリストテレスを学んだのではないか。

この、論理学の創始者である、古代のギリシア人は言っている。「論理的には正しくても、人間社会では正しいとはかぎらない」

このバランス感覚である。古代の人にあったこの中庸の精神が、なぜ近現代のドイツ人にはないのか。

多くの人は、第一次大戦直後の超インフレによるトラウマだと言うが、私には、ドイツ人の心の奥底にひそんでいる、他の国々の人々への猜疑心、によるのではないかと思えるのだ。平たく言えば、だまされることへの怖れ、である。この怖れも根拠はないとは言えないほど、ドイツ人とは意外にもだまされやすい民族で、その好例が「免罪符」だった。

今より五百年昔のルネサンス時代、芸術大好きのローマ法王レオ十世が、そのための財源確保に一策を案じた。金属製の小箱を多数作らせ、その中に金貨を投じるとチャリンと鳴る音で天国行きは保証された、とする免罪符キャンペーンを展開することにしたのである。だがイタリア人に対しては成功の見込みはないと見て、キャンペーンの地はドイツにしたのだった。

これに、ドイツ人がだまされたのだ。そして、ローマ法王によるこの詐欺に怒ったのがドイツ人のルターで、プロテスタンティズムとは、だまし取られたカネへの恨みから始まったのであった。

最近ならば、偽札作りでは世界一の技能を誇るイタリア人による、三百ユーロ紙幣事件がある。御存じのようにユーロ紙幣は、五、十、二十、五十、百、二百、五百の七種類しかない。技能に自信をもつイタリアの偽札作りは、わざと三百ユーロ紙幣を作り、それをドイツに持って行って使用回路に乗せるという冒険に挑んだのである。

これが成功したのだ。数万ユーロ分はさばけたというのだから、ちょっとした数のドイツ人がだまされたのである。あまりにも恥ずかしい話なのでドイツのメディアは報道しないが、一時期、ヨーロッパ中が笑ったエピソードであった。

家計簿的発想しかできないメルケルの厳しくもまじめな顔をテレビで見るたびに、この種の話を思い浮べるのも、涼夏対策になるかと思うのだけどどうでしょう。

イタリアの若き首相

八月始めに、イタリアの首相レンツィが日本を訪問したという。三日しか滞在しないのに、両陛下への訪問や安倍首相との会談を始めとしてあちこちでスピーチし、京都まで行ったというのだが、日本側がこの若き首相をどう見たかは知らない。京都では、金閣寺なんかよりも、ハイテクのメッカでもある京都を見てほしかったと思うけれど。

それでも日本人は、この男の顔ぐらいは見たわけだ。それで今回は、この若き政治家がイタリアにとって、どのような存在であるかを書いてみたい。

首相になった当時は三十九歳でしかなく、それ以前の政治キャリアはフィレンツェの市長だけで、国会議員であったこともなく、ましてや大臣の経験もなくいきなり首相になったレンツィだが、それゆえか、これまでの政治家たちとはまったくちがっている。

アメリカ訪問中に、シリコンバレーに行ったときのエピソード。あの地で働くイタリア人のベンチャー・ビジネス予備軍を前に、これまでの首相ならば、同胞に職を与えるためにも帰国してくれ、と言っていたのだが、彼はちがった。

「キミたちに、帰って来てくれとは言わない。キミたちがここを選んだのは、イタリアにいては能力が充分に発揮できないと考えたからだろう。それにはボクも同意する。しかし、イタリアは今変わろうとしている。そしてイタリアを変えるのは、首相であるボクの任務だ。だから、見ていてくれ。そして、このイタリアならばやれると思ったら、帰ってきてもらいたい」

四十歳という若さもあって、イタリアを変えるに必要な政策を前にしての態度も、これまでの政治家とちがっている。

これまでの人ならば、政策を前にして、可能か不可能かで、種々の委員会を立ちあげたりして、果てしない討議で明け暮れ、結局は何もしないで終わるのが常だった。

それがレンツィ内閣では、レンツィがイイネと言えばスタート。討議は、どうやれば可能になるかについての戦術論のみ。

彼は、中道左派の「民主党」に属す。だが、日本の民主党とはちがって、左派的な政治をしなくてはならないとは、まったく考えていない。イタリアではマキアヴェッリ以来、

「ボン・ゴヴェルノ」(良き政治、つまり善政)という言葉があるが、国にとって必要な改革を断行するに当って、右派も左派も知ったことではない、とでも思っているようだ。民主党が忌み嫌うベルルスコーニと政策協定を結んだりして、自党内の守旧派を激怒させている。ベルリンの壁崩壊を境にイデオロギーの時代は終わったと思っている私なので、このレンツィにはおおいに賛成だ。

だが、それゆえに彼には、自党内の守旧派からの反撥が強い。左派的政治ではない、という理由で反対する人々には、比例選挙制度のイタリアなので、上下院ともに長年にわたって議席を占めてきた人が多い。つまり、世論調査では群を抜いて支持されているレンツィも、国会内では綱渡りの日々がつづくというわけ。

これでは改革などは望めないと、改革の実現か、それとも〝選良〟たちの意見を尊重するか、の選択を迫られた彼は、前者を選んだ。この選択は、首相になる前からしていたと私は思う。なぜなら、首相になった後も、与党の幹事長職は手離さなかったのだから。

それで、幹事長でもあることを活用して、まずは改革案を党議にかける。議席は持っていない若手たちは彼の支持者だから、党議はOKと出る。これをもって、国会で、政府の信任投票に打って出るのだ。改革には反対の守旧派も、党議で決まった以上、国会でも賛成票を投ずるしかない。

これって一種の強行採決ではないかと私などは思うが、彼が首相になって以来、信任投票に次ぐ信任投票の連続。だがこの強行突破で、これまでのイタリアの政権とは様変わりに、数多くの改革が法律化できたのも事実だった。

それはいちいちあげないが、いずれもが既得権打破では共通している。ゆえにその彼に強く反対しているのが、党内の守旧派と極左だけでなく、三大労組も司法も。

なにしろ、大きな政府が信条の左派のくせに、イタリアの税金は高すぎると減税への方向を明示したり、緊縮よりも成長だとして規制緩和の必要を強調したり、法律の死守よりも「ボン・センソ」（良識）が優先すると言っては、憲法学者や検察をキリキリさせている。

要するにイタリアの若き首相は、遠くをとりまく民衆には支持されても、近くは反対者たちに囲まれているというわけだ。それで、若さにモノ言わせて夜を徹しての会議でも負けないが、それでもダメとなると、信任投票という名の強行突破が彼の戦法。

このレンツィを、日本は活用すべきだと思う。ヨーロッパとロシア相手の対策にはとくに。

まずイタリア政府は、大国と思っているドイツやフランスやイギリスとちがって、小まわりが効く。それにレンツィは、話が上手い。フィレンツェっ子らしく相当に辛辣なことを言っているのだが、言いまわしがユーモラスなので、しかもあの顔でしれっと言うものだから、言われた側も気を悪くしない。

そのうえ、相手に親愛の情を抱かせるのが実に巧み。プーチンとも仲良しだし、メルケルなんて母性本能を刺激されたかと思うくらい。

要するに、愉快な男なのだ。難問が山積しているこの時代、せめて協力者ぐらいは愉しい人がイイナと、私ならば思うのだが。

残暑の憂鬱

人間世界に次々と生れてくる難問題も、その性質から二つに分けられるのではないか。

第一は、当事者たちに、解決への意志があり、しかも感情的でなくそれを進めていく冷徹さがある場合。

第二は、当事者の意志には関係なく、現在の状況では根本的な解決は望み薄、とするしかない場合。

第一の場合の例としては、「なぜ日本は負けるとわかっていた戦争を始めたのか」があげられるだろう。

これについて論ずるのは、戦後七十年とて日本では流行りらしいが、私の思うにはある現実が欠けている。それは、戦争とは生きもので、敗北で終わったいかなる戦争も、「負けるとわかっていた」とは百パーセント言えないこと。「生きもの」とは、当初想定していたとおりにはことは運ばなかったということだが、それは戦争にかぎらず結婚にも言える。

失敗の原因を解明しようとすること自体はよい。だが、そこで留まらず、失敗してもどうすればより被害を少なくして立ち直れるか、も問題にすべきと思うのだ。言い換えれば、落ちてしまったとしても足から落ちるにはどうするか、である。

先日露見したフォルクスワーゲン問題だが、あれを知ったときは唖然とした。なぜドイツ人は、落ちるとなると頭から落ちてしまうのかと。おそらくドイツ民族は、あらゆる面で優れた才能に恵まれていながら、落下には慣れていないのかも。反対にイタリア人は、慣れすぎである。落ちても足から落ちられるんだからと思っているので、落ちないで済むための配慮さえも怠ってしまう。

単純素朴な愛国者である私は、わが日本が、このドイツとイタリアの中間を行ければと切に願っている。つまり、勝たなくてよいが絶対に二度と負けないこと。安全保障問題とは、これに遂《つ》きるとさえ思う。

また、日本人の大半は、第二次世界大戦を知らない世代で占められるようになった。この彼らに対して、「なぜ日本は負けるとわかっていた戦争を始めたのか」よりも、「どうすれば日本は、今後とも長く負けないでいられるか」のほうが、より関心を呼ぶテーマになるのではないか。

しかし、この種の問題は、言ってみれば先進国内の問題だから、その気になりさえすれば解決できる。これに比べてより難しいのが、第二の問題である。その好例が難民問題で、これは決して、EUだけの問題ではない。

難民は昔からいた。殺されるからという理由にしろ、食べられないからにしろ、難民問題は昔から存在したのである。

では、古代のローマ帝国は、これにどう対処していたのか。

侵入を阻止するための壁もなければシェンゲン条約なんて昔からあったのだと思うくらい、入るのも入った後の行動も自由だった。ただし、条件はつけた。

ローマ帝国の法は、絶対に守ること。反しようものなら、容赦ない厳罰が待っていた。また、いかなる理由があろうとも、難民には特別の保護は与えられず、その生存は、自助努力によると決まっていた。ローマ市民権所有者には保証されていた餓死はしない程度の小麦の無料配給もなく、衣食住は保証され納税義務もない奴隷よりも、難民は、より厳しい環境で生きていかねばならなかったのである。

それでも努力しだいなのだから、経済界で成功する者もいたし、医師や教師になる者も少なくなかった。医師と教師には、一代かぎりとはいえローマ市民権が与えられた。

その一方で、難民発生地自体の安定化も忘れなかった。強大な軍事力を背にすることで内乱が起きないようにし、安全になったと見るや資金を投入して生産地にし、雇用を確立する。

当時はシリアもリビアもローマ帝国内。これら属州への投資は盛んになる一方で、帝国の本国であるイタリア半島の空洞化が心配になるほど。資産の三分の一は本国に投資すべきと、法によって決めたくらいであった。

EUを悩ませている難民問題は、このローマ帝国のまねができないことから来ているのである。

一、まずもって、強大な軍事力を持っていないこと。また、政治難民・経済難民発生の因である内乱を押さえたくても、軍事力を投入したりすれば内政干渉になってしまうこと。なにしろ今では、シリアもリビアも、内実はどうあれ独立国なのである。ときに後先考えない大統領や首相が空爆をやったりするが、地上軍は投入しないのだから、やった後のほうが状況が悪化している。

二、人権尊重の理念によって、難民にも、もともとから住んでいる市民と同じ権利を保証しなければとしたことで、市民側の反発を呼んでしまったこと。市民の不満は、何人といえども人権は尊重されるべきで、ゆえに享受する権利も平等、とされたこと、からきているのだから。

ヨーロッパは、進歩したと思いこんできた自分たちの文明に逆襲されているのである。だからこそヨーロッパにとって難民問題は、ギリシア問題よりはよほど性質《たち》の悪い難題なのだ。そしていずれは、ヨーロッパ以外の先進諸国にとっても、性質の悪い難題になるのではないかという気がしている。

今必要とされるのは、英語力より柔軟力

十二月中旬に刊行予定の新作の本造りのための帰国なので、滞日期間の大半がその作業に投入されていて、私の頭にも他のことを考える余地はあまりない。それでも一年ぶりの帰国だから、考えさせられることはやはりあった。

フォルクスワーゲン問題で大騒ぎしているヨーロッパからもどって来たら、日本はマンションの杭打ち問題で大騒ぎ。何となく、これまでの長年にわたって信用度では誰も疑いを持たなかった先進国の有名企業が、軒並み討死という感じである。ドイツと日本のちがいは、ドイツでは、経営陣は頭を下げないのに、日本では下げるというところだけ。これでは、中国製には技術的問題がある、などとは言えなくなってしまう。こうなっては、発想の転換による気分の一新が必要ではなかろうか。

新聞で、高木復興相へのインタビューを読む。高木氏はそこで、次のように言っていた。

「世界で原子力発電所が廃炉を迎えている。世界展開できる廃炉技術を福島に集積させることが復興の鍵を握る」。これを私は、我が意を得たという想いで読んだ。

福島原発事故は、なにしろ起ってしまったことなのだ。起ってしまったからにはそれをプラスに転化する努力もしないで、ホモ・サピエンスであるはずの人間を自称する資格はないと思っていたからだった。それには、廃炉技術のナンバーワンに躍り出るのが一番である。日本は廃炉技術のエキスパートになって、その技術を世界中に売り出す。つまり、それによっても稼ぐ。

この技術を集積し向上させる基地は福島県に置くのも賛成。廃炉だけを目的にした作業となると、何よりもまず気が滅入ってしまうし、投入する資金もやむをえず投入するおカネになるから「莫大な額の捨て金」の感じはまぬがれない。それが、廃炉技術の先進国に躍り出てそれでおカネを稼ぎましょうよとなれば、関係者たちの気分も明るくなるのではないか。

そしてそれには、若い力の加入が不可欠だ。積極的で建設的な仕事ということになれば、若い人々も入ってくると思う。それもしないで廃炉もふくめた原子力発電全般の技術者の温存と育成への努力さえもしないとなれば、日本人は単に、福島原発事故を起しただけの民族で終わってしまうのだ。

「危機」（クライシス）という言葉を発明したのは、古代のギリシア人であった。だが彼らは、この言葉に、もう一つの意味も込めた。それは、「蘇生」である。福島を、廃炉技術を極めることで、蘇生させようではないですか。

安倍新内閣の閣僚で私がテレビのインタビューを聴いた中で、印象に残ったのは河野大臣だった。この人は、自分で理解していることを話す人だと思った。だから、論理的でありながら、メリハリも効いた話し方ができるのだ。現内閣内部でのやり方しだいでは、大化けしうる人材だと感じた。

ただし、大化けとは、良く大きく変わるとは限らず、悪く変わることもありうるという面を持つ。河野氏の場合、これを分ける鍵は、彼にとっての「野心」と「虚栄心」の割合にある。野心とは、何かをやりたいと思う気概。虚栄心とは、多くの人から良く思われたい心情。だから問題は、河野氏の中で、この二つのうちのどちらが大きいかにある。

マスコミやバカな野党は言ってくるだろう。異端児河野太郎は入閣したとたんに異端児でなくなったと。それに対しては氏は、正面から明快に答える必要がある。閣外——批判自由——ただし政策化に必要な権力はない。一方、閣内——批判は不自由——ただし政策化に不可欠な権力は有する、とでも言いながら。マスコミからの非難を逃げずに受けて立てるかどうか。ここに政治家としての、良い方向への大化けが成るか否かがかかっている気がする。

尖閣諸島をめぐる問題は、何となく、日本も中国も尖がった先でつつき合っているように思える。この状態で続くと両国とも根くらべになり、それに要する人も経費もバカにならない。しかも人も経費もムダに使われる歳月が、今後とも長くつづく危険さえある。これもまた、発想の転換が必要ではないだろうか。

というわけで考えついたのが、ガンダムやゴジラを始めとする日本製のキャラたちに守ってもらおうというアイデアだった。日本の領土なのだから、それを防衛する役目も日本人が創り出した彼らにやってもらおうというわけ。東京で見た巨大なガンダムが島の平地にすっくと立つ、というのはどうですか。

実現したとすれば、まず、世界中の話題になること必定。もちろん日本側はこの好機を逃さず、尖閣諸島の島ごとに立つ彼らの映像を、世界中のマスコミに提供する。

もしも中国側が爆弾を落とすことでこれらオモチャを破壊しようものなら、世界中のもの笑いになるから、中国側もそのような愚かなふるまいには出てこないだろう。それに中国人の中にも、ガンダムやゴジラのファンは多勢いるのだ。それにこのアイデアが実現すれば、これまでは尖がった日中間の問題であったのが、「丸い問題」ぐらいにはなるのです。

尖閣諸島に限らず、尖がった問題が多発しているのが世界の現状である。いちいちそれに正面から立ち向かっていては、問題の解決にはいっこうに役立たないだけでなく、人とおカネばかりの消費がつづくだけになる。

ここはもう、日本人が創造した「ゆるくないキャラ」たちに登場してもらうのは、世界中の人々にほほ笑みをもたらすことになると思うのだが。

イスラム世界との対話は可能か

一カ月の日本滞在の後でもどってきたヨーロッパだが、騒然としている。御存じイスラム過激派によるテロのためだ。イタリアでは彼らを、「首斬りイスラム」と呼んでいるが、自分たちの土地で首斬りするだけでは済まずパリにまで遠征してきて、金曜の夜という庶民の息抜きの日を狙って機関銃を撃ちまくり、自爆テロを決行したというわけ。狙われたのは居酒屋とか、サッカー場やミュージックホールで、犠牲になったのがいずれも庶民であるのが痛ましい。大統領官邸に突っこんで行ったのならばまだしも、警備など及びようもない場所だけを狙ったのだから、首斬りイスラムとは所詮、卑怯者の集団にすぎないのだ。

それでも、もっともらしい言説を述べることこそ有識者の役割と信じている人々は言う。テロリストの多くがヨーロッパに移住したイスラム教徒の息子や孫の世代であるのを取りあげて、西欧社会に溶け込めないでいる若者たちの不満に寄りそってやり、彼らが浸透できるよう努力をつづけるべきだと主張する。

しかし、パリでのテロの容疑者の兄という人のインタビューを聴いてからは、こうは楽観的に考えられなくなった。この若きイスラム教徒は、実にまっとうな人である。つまり、自身の信仰は守りながらも西欧社会に溶け込み、まっとうに働らくことで生活している。この人の話を聴きながら、テロリストには同情しなくても、テロリストの肉親になってしまったこの若者には同情した。

それに日本人の中にも、社会の落後者であったわけでもないのに、殺してみたかった、というだけで、昨日までは親しくしていた友人を殺す者もいるではないか。道ですれちがった赤の他人に、斬りつける人だっている。これらの日本人と首斬りイスラムとのちがいは、前者は精神鑑定されるのに対し、後者は宗教という旗印を振りまわすだけ。いずれも、何やら免罪ということになり、損をするのは常に、何の責任もない被害者ということになる。不条理、で片づけるにはあまりにも哀しい。

有識者たちはこうも言う。だからこそ、キリスト教世界とイスラム世界との間の対話が必要なのだと。

しかし対話と言われたって、少なくとも首斬りイスラムは、対話なんて求めていない。また、首斬りは否と考えている穏健イスラム教徒たちも、対話の必要を、ほんとうに感じているのだろうか。

古代は、ギリシアもローマも多神教の社会だったが、中世に入ると一神教の世界になる。多神教と一神教のちがいは、神の数にあるのではない。自分は信じてはいないが信じている他者の信仰は尊重するのが多神教で、反対に一神教になると、自分が信じている宗教だけが真の宗教で、他はすべて邪教になってしまう。邪教の徒であるからには殺すのもOK、奴隷にするのもOKということになるのだ。それゆえに中世は、十字軍の例が示すように、イスラム教とキリスト教の間は、テロどころか戦争の絶えない時代がつづいたのだった。

それでも時代が進むにつれて人間のほうも丸く変わったのか、イスラム側には穏健イスラムが生れ、キリスト教側に至っては、他の宗教との共生路線にはっきりと切り換えている。つまり寛容になった西欧に非寛容の首斬りイスラムが突っ込んできたから、ヨーロッパはびっくり仰天したのである。

しかし、穏健イスラムとは言っても、イスラム教徒であることには変わりはない。この人々は、首斬り集団を非難して言う。彼らがやっているのは「ジハード」(聖戦)ではない、と。それでいながら、聖戦自体は否定しないのだ。否定しようものなら、コーランに明記されている以上、イスラム教徒ではなくなってしまうからである。

そのうえ、両宗教の共生の証しとして、ヨーロッパにもより多くのモスクを建ててほしいと言う。これにキリスト教側は、口に出しては言わないが心中では思っている。イスラム諸国の大都市に、ヨーロッパ並みに壮麗なキリスト教の教会を建てるのは認めていないのになぜ？　と。実際、キリスト教の本山であるヴァティカンがあるローマの郊外には、壮麗なモスクがある。でいながら、バグダッドにもテヘランにもダマスカスにも、西欧式の華麗な教会は一つとしてない。寛容度も、平等ではないのだ。この二者間で、ほんとうの意味の対話は可能であろうか。なにしろ、襲撃した先で人質にした人たちの解放の条件が、コーランを暗唱できた者、というのだから、この人々との対話は、ほんとうに可能であろうか。

テロの的にされたフランスの大統領は、これはフランスに対しての戦争であると言った。何やら、ツインタワーを攻撃された時のブッシュを思い出してしまったが、戦争と明言した以上は文明の衝突ということになるのではないか。両文明の衝突になると、穏健なイスラム教徒はどちらの側につくのだろうか。いかにキリスト教世界に住んでいようと、キリスト教の側につくとは思われないのだが。

戦争ではなく、犯罪としたほうが、文明の衝突を回避するうえでも、適策ではなかったかと考えている。犯罪ならば、徹底的に犯人を追及し、裁くだけになる。単なる刑事犯ならば、その結果がどう出ようと、イスラム教徒の間でも納得がいくのではないかと思うのだ。最優先さるべきは、テロの的にされた国家の名誉回復ではなく、その国に住む一般の市民を守ることなのだから。

一 多神教徒のつぶやき

今年(二〇一六年)のローマには、キリスト教徒の巡礼がどっと押し寄せることになるだろう。「ジュビレオ」(聖年)と決まった一年間にローマを訪れ聖《サン》ピエトロ大聖堂のその年にだけ開かれる「聖門」と呼ばれる扉を通ると、これまで冒した罪のすべてが帳消しになるからで、信者にしてみれば、死後の天国行きを保証されるわけだから意味は大きい。

始まりは西暦一三〇〇年。その九年前に二百年つづいてきた十字軍勢力がイスラム勢によって完全に中近東から追い出され、イェルサレムに巡礼するのも容易ではなくなり、天国行きも絶望かと不安に駆られる信者を放っておけなくなったローマ法王庁が、イェルサレムには行けなくてもローマに巡礼すれば、罪のすべてが帳消しになることでは同じ、と決めたからであった。

始めのうちは百年に一度だったのだが、まもなくこのイヴェントは、信者たちにカネを落とさせるには大変に有効とわかる。それで百年が五十年になり、そのうちに二十五年に一度になり、今回の「ジュビレオ」は、現ローマ法王がやると決めたから行われることになったので、「特別聖年」というわけ。なぜ今年に？　昨今とみに存在を主張し始めているイスラム勢を頭に置いてであるのはもちろんだ。

そのイスラム勢の中でも超のつく過激派のＩＳだが、ＦＢＩによれば、コロッセウムと並んで聖ピエトロ広場も狙っているとのことである。

と言って、ローマが狂信的なイスラム教徒の的にされるのは、今が始めてではない。イスラム勢力の大拡張時代であった七世紀から八世紀にかけて、中東、中近東、北アフリカまでを制圧した彼らの合言葉が、次はローマの聖ピエトロ広場の噴水で馬に水を飲ませよう、であったのだから。

しかし、一千二百年もの間実現してはいないのだからローマのＩＳ化は心配していないが、心穏やかでいられないのは北アフリカ諸国の動向である。東から西に、リビア、チュニジア、アルジェリア、モロッコ。これらの国々はすでにイスラム教国なのだから、ＩＳに制圧されようと彼らの勝手ではある。だが、これらの国々の人々とＩＳではちがう。一点だけをあげるに留めるが、普通のイスラム教徒は、ローマのコロッセウムのような歴史上の遺跡は破壊しない。あれは立派な観光資源でもあって、温存し開放したほうが観光収入になりますよ、という理《ことわり》が通じる人々なのである。偶像は破壊すべきの一念で暴れまわって恥じない連中とはちがうのだ。

パルミュラが破壊されたと知ったときは心が痛んだ。四十年も昔、ダマスカスから着いたばかりの私を釘づけにした、あの美しさは忘れられない。

しかし、パルミュラは、ローマ帝国の東の辺境の町の一つにすぎなかった。反対に北アフリカは、帝国の中心だったのだ。だからこそ、ローマ史を愛する者にとっては宝庫でもある。

第一に、帝国の穀倉と言われた一大農業産地であったことから、経済的に豊かなだけでなく知的にも芸術的にも最高水準にあったこと。チュニスにあるバルド美術館を訪れるだけで、なぜ北アフリカにこれほどのものが創造できたのかと嘆声を発するにちがいない。

第二は、ローマ滅亡後に住みついた人々に石造りの建物への執着がなく、それゆえに遺跡が石材の採掘場になる運命から逃れられたこと。北ヨーロッパの遺跡、いやローマにある遺跡と比べても、この幸運には涙が出るくらいである。それで北アフリカに点在するローマ時代の遺跡は長年にわたって放って置かれ、その間に砂がつもり、近年になって欧米の発掘隊が砂をとり除いたら、二千年昔の壮麗な姿が現われたというわけだった。

ポンペイは、帝国の本国イタリアの一地方都市にすぎない。しかし、北アフリカにあるのは、歴代の皇帝たちも整備には気を使ったこと明らかな、大都市の遺跡なのだ。

もしも少しばかりの時間があったら、大型書店に行ってみてください。この種の書店の本店ならば、文庫版が出た後でも単行本を置いてくれているかもしれない。そこへ行って書店員に、私の書いた『ローマ亡き後の地中海世界』の上下二巻を見せてくれと頼む。そしてその上下二巻を並べて見てほしいのだ。二冊分のカバー全体に、リビアにあるレプティス・マーニャのローマ劇場が、地中海を背にして映し出されているだろう。私がどこよりも愛する、ローマ時代の名残りである。それをどうしても読者にカラーで見てもらいたいという私の願いで、二巻本のカバーとしては常識はずれのあのような形になってしまったのだった。

だが、あそこにももはや行けない。リビアはまだＩＳ下になっていないが治安はなきに等しく、チンピラあたりに拉致されＩＳにでも売られようものなら、日本政府とて出てこざるをえないだろう。そうなっては申しわけないので、わずか五年前までは行きたいと思えば行けたわが最愛の地でも、訪れるのはあきらめたのだった。

私にとっての今年は、去年につづいて古代のギリシアを書く一年になる。キリスト教もイスラム教も生れていなかったから、これら一神教については考える必要がないので、精神衛生上ならば壮快な一年になることだけは確か。

消費税も頭の使いよう

日本での消費税の軽減税率騒ぎを聴き知るに及んで、心底がっかりしてしまった。税金をどこにどれくらい払わせるかは、善政を心がける政治家にとっては最重要課題の一つである。会計士的な考えで、処理可能な問題ではまったくない。国の安全保障と同じで、立法と行政の双方が真剣に取り組む価値は充分にある。

にもかかわらず、主食の米飯とおかずのコロッケの税率をめぐるチマチマした話を聴かされては絶望するしかない。その結果は明らかで、もはや相当な程度に国民を絶望させている、政治と政治家の矮小化のさらなる進行以外にはない。

政府も、それを助ける省庁も、またそれを法制化する義務を負っている国会議員も、選挙を視界に入れての対策などというケチな考えではなく、国家の根幹を決める仕事をしているのだという、気概をもってほしいと思うのは求めすぎであろうか。

イタリアの消費税率は二十二パーセントという、非人間的な水準にある。かくも高率となれば、軽減税率も存在する。対象品目には、生鮮食品に加えて新聞や雑誌や書籍も入っている。それで税率を低く押さえた効果のほうだが、食品は少しはあるのかもしれないが、それ以外はすべて無し。新聞も雑誌も書籍も売れ行きは落ちる一方で、テレビの視聴率も落ちているから、これはもうイタリア人が、食料は胃のための必需品でも新聞・雑誌・書籍は頭脳のための必需品、と思わなくなったのだから、消費税を少しぐらい低くしても効果はないのだ。そのうえ、軽減税率対象外の品目をあつかう納税者たちが、脱税に熱をあげるというおまけまでがついた。脱税摘発に要する人と費用を考えれば、軽減税率とは良策だろうか。

それよりも、「税とは政治」との考えに立ち、ある地方は消費税十パーセントでも他の地方はその半額、という政策も有りではないかと思うのだが。

歴史に学べ、などとは言いたくない。だが昔の人には、次のような例もある。

古代のローマの消費税と言えば売上税と関税がプラスした率になるが、帝国の首都ローマでのそれが六パーセントでも、国境に沿って連なる軍団基地のある地方は、最高でも三パーセントだった。理由は、蛮族という仮想敵への最前線に位置することと、それへの対応策である軍事基地があることへの補償、であるのはもちろんだが、それだけではない。

ローマの軍団基地は必要な物資を周辺地域から購入することを義務づけられていたので、消費税を低く押さえることによって、その地方へのヒトとカネの導入を狙った策でもあったのだ。インフラ整備は国が考える。税率も低くする。生産品の購入も保証する。後は自分たちで考えてやれ、というわけだ。その結果はと言えば、軍事基地を置かれた地方は軒並み活性化し、皇帝たちは、帝国の本土であるイタリア半島への投資の減少を心配せざるをえなくなったほどだった。

このローマ人に学ぶとすれば、本土の消費税は十パーセントに上げても、沖縄は五パーセント。空港や港湾や道路等のインフラは中央政府の仕事で、沖縄は住民の意欲しだいで東南アジアへのハブにも変わりうるというわけ。また、本土でも基地のある地方は、同じ理由で五パーセント。基地があるゆえに生ずる住民の不都合には、沖縄と同じに対処するのが国の政治である。

そして、消費税軽減策の本当の目的がヒトとカネの導入による活性化にある以上、これまた昔のローマ人が災害地で行っていた政策をまねて、東北三県もこの対象に入るのは当然だ。

復興であろうと活性化であろうと、要はヒトとカネを引き入れねば実現しない。消費税くらい、この種の大きな政治を行うに適した手段はないのだ。

基地賛成派の隠れた理由が、補償金であってはならない。人間とは、タダでカネをもらいつづけていると、矮小化する。使い道は自分たちで決めてよいと言われても、タダガネというのは、対等であるべき人間関係を傷つけてしまう。それよりも、税率では優遇するがその先は自分たちで考えてやれ、と言われたほうが、彼らの意欲と能力が期待されているのだから、背筋もピシリとなるのではないか。よしっ、東南アジアへのハブになってやろうではないか、と。事業とは、その大小を問わず、それに参加する全員が各自なりにしてもトクしなければ成功しない、と言ったのは、ルネサンス時代の思想家マキアヴェッリであった。

本土は、沖縄が基地を引き受けてくれているのでトクしているのだ。私だったら、十年と限るにしろ、沖縄での消費税はゼロにしますね。初期だからこそ効果を期待できる、一種のショック療法である。

くり返すが、補償金で我慢してもらうやり方は、短期的にも長期的にも効果は生まない。人間は、自分が卑小化したのに気づかないほどバカではない。それで、卑小化をはね返そうとするがあまりに、弱者の抵抗などという、自分でも効果を信じていない旗をふりまわすようになるのだ。そこまで国民を追いこんでは、もはや政治ではない。

晩飯のおかずは軽減税率対象にするのが妥当か否かなどというケチな話ではなく、国全体の視点に立って、満額にするか、またはバッサリ斬るとか、の大鉈をふるってみてはどうですか、政治家ならば。

誰でもできる「おもてなし」

今年は、年初めから世界中で不穏なことばかり起こって、おそらく年内は世界中が右往左往する状態になることでしょう。とは言っても難民に押し寄せられてアップアップしているヨーロッパとか、何やら正体のわからないミサイルをぶっ放している北朝鮮とか、我々庶民にはどうしようもない事件で政府に任せるしか仕方がないんです。

しかしこうしたニュースが届くたびに我々までが右往左往していては、精神的に参ってしまう。だから精神バランスを取るために何ができるかといえば、結局は一人一人が自分でできることをするしかない。

それで今回は、その気になりさえすれば、われわれ誰もが手軽にできることを、日本の皆さんに提案したいんです。それは前々から帰国のたびに感じていたことですが、「おもてなし」という言葉に対する違和感から思いつきました。最近は、外国からの観光客が増えて、これは日本にとっていいことであるのは当然ですが、でも日本には「おもてなし」があると胸を張られると考え込んでしまうんですね。まるでアラビアン・ナイトのおまじないみたいに、唱えるだけで外国人みんなが喜んでくれるという感じがしてしまう。

日本を訪れる観光客は二つに大別されると思います。第一は、団体を組んでやって来て爆買いを楽しむ人たち。第二は、友人や家族だけで小さなグループを組んで来る人たち。

第一のグループに関しては、これはもう旅行会社の仕事で、彼らに任せておけばいいこと。だけど、第二のグループに関しては、単なるおもてなしでは十分とは思えない。社会的に言えば、このグループに属する観光客はヨーロッパやアメリカの中流の人たちだから、大金持ちではないけれど、それだけに知的好奇心が強く日本を知りたいと思って来る人たちなんですね。買い物もするけれど、買い物に熱中する人たちではなくて、日本の箸置きをコレクションするようなお客さん。ちなみに日本の箸置きはなかなかのものだと思う。丁寧に出来ているだけではなくてユーモアがあります。

この種のリピーターになる可能性がある外国人に対して最も効果のあるおもてなしとは、一泊が十万円近くもする高級旅館でのそれなりに素晴らしいサービスを提供することではないと思う。まずもって彼らはそんなお金は持っていないし、プライベートでこれほどのお金を使う気になる人々でもありません。

ではどんなおもてなしがこの人々に満足を与えることができるでしょうか。それは私が思うには、「ありがとう」「どうぞ」「どういたしまして」という三つの日本語を活用することです。なぜかというと、日本に関心を持って旅行に来る外国人は、われわれだってそうであるように、その国の言葉を習うとうれしくなる。だからこの三つの日本語も、英語とかフランス語とか中国語に直す必要はない。堂々と日本語で言えばよいのです。

「どうぞ」は、英語では「プリーズ」ですが、イタリア語では「プレーゴ」と言います。そしてこの「プレーゴ」には、もう一つ別の使い方がある。それは「グラッツェ」(ありがとう) に対して「プレーゴ」と答えた場合。その場合は、「どうぞ」ではなくて「どういたしまして」の意味になるんです。この言葉が素晴らしいと思うのは、自分がした親切に対する相手からの感謝をそのまま受け止めるのではなく、半分返すものだからでしょう。

人間関係とは「ありがとう」と言った時に、それでそのまま終わるものではない。「どういたしまして」と言って半分返す。人間関係のとても素晴らしい面がこの言葉には表れていると思うんです。だからこそ外国人に対して最も効果があるのは、日本語で返すことだと思う。

その時には気を付けてほしいことが一つあります。この三つの言葉のどれでも言うたびにニコッとしてほしいのです。日本人は決して親切でないわけではないのに、親切の示し方が下手だと思う。この親切な言葉を口にする時は、相手の目を見て、ニッコリして欲しいんですね。そうすれば、この効果が十倍になることは確信を持って言えます。

日本人はなかなかニッコリできない。それは、われわれの責任でもあるんですね。よく知っている人には親切にするけれど、知らない人に親切にするのがとても苦手なんです。それは親切にされた側が「この人、下心があるんじゃないかしら」と変な目で見るから、親切にした側が二度とそうした行動は取らなくなってしまうんです。はっきり言ってしまえば、日本人の男は親切にするのが下手で、日本人の女は親切にされるのが下手ということですね。

だからまず、外国人に対して使う前に、同じ日本人同士で使ってみてはどうでしょうか。他人に対して親切にする行為に慣れてくれれば、相手が外国人になってもごく自然にできるようになるんじゃないでしょうか。

これこそお金を一銭も使わず、たいした気苦労もせず、われわれができる「おもてなし」だと思います。カタカナではなくて、ひらがなの「おもてなし」。今年は、この三つの言葉を活用してみてはどうでしょうか？

＊

文体も構成もいつもと違うのは、二月半ばに散歩中に転んで、右手首を骨折してしまい、今はギプスをはめた情けない姿で、電話で口述筆記したものだからです。だから、お許しくださいますように。

考え方しだいで容易にできる「おもてなし」

日本に来る観光客も、個人で来たり、家族で来たり、友達と来たりする人たちが増えて来ています。この人たちは、知的には上流でも経済的には中流階級ですから、一泊五万円以上もするホテルは敬遠するでしょう。まずもって、異国での滞在は一泊では不充分で数日は必要だと思っている。お金はそれなりに持ってはいても、賢く使いたがるのがこの人たちなのです。

ただし、爆買いを楽しむ団体客とちがうのは、日本に対する知的好奇心でしょう。その好奇心に応えてあげるのが、最上のおもてなしだと思う。それで今回は、この人たちが絶対に喜ぶであろうことを二つ提案したいと思います。

まず温泉。

日本の温泉は文句なしに素晴らしい。おそらく外国人も、同感するでしょう。ならば、到着したお客を浴場に案内しただけでよいかとなると、西欧の人の場合はそうではないんですね。と言って、部屋ごとに温泉が引いてある高級旅館よりも、やはり温泉の妙味とは、大きな浴場でみんなで入ることにある。なのにアメリカ人もヨーロッパ人も、裸になって温泉に入るのに、抵抗を感じる人が多い。古代のギリシアやローマでは裸体を人前にさらして平然としていたのに、中世以降、その文化がなくなってしまったからです。

キリスト教は、肉体を人前にさらすのを極度に嫌悪する宗教でした。その西欧に裸体讃美が復興するのは実に一千年が過ぎたルネサンス時代になってからですが、後遺症はまだ残っている。

一昔前の英国映画に『眺めのいい部屋』というのがあったけれど、あれはイタリアを訪れて裸体彫刻を見て頭がクラクラしちゃった娘の話です。日本に来る観光客も、これに近い人たちなんですよ。

イタリアにも温泉があります。イタリアは、日本と同じ火山国ですから温泉はいっぱいあるけれど、その素晴らしい大浴場へは、全員が水着で入らなくてはなりません。私は水着を着て温泉につかるのは、欧州に暮らして半世紀たってもどうも好きになれない。だから彼らが日本に来ても、人前で裸になるくらいなら温泉などあきらめてしまいかねないのです。その彼らに日本の素晴らしい温泉、大浴場、山間の岩場の温泉を楽しんでもらうために、私はこうしたらどうかと思うんですね。

つまり、三十分予約制にするのです。彼らは日本のように男女別にしても、他の人たちがいると落ち着かない。だから三十分だけは彼らだけの専用とする。家族や恋人に対してならば、裸でも抵抗感がなくなるから。

三十分でいいというのは、外国人はあまり長湯はしないからです。温泉につかることでのあの快感は、水着などで邪魔されずに肌で直接に味わってもらわなければもったいない。こういうシステムを各ホテル、各温泉旅館が作ったとすれば、絶対に成功します。

第二は、旅館の夕食。

日本の旅館は夕食が売りのようだけど、あの夕食の品数と量の多いこと。これをもったいないと感じる外国人は多いと思います。私などはあれがネックで、しかたがないから西洋式のホテルに泊まりますが、外国人にはやはり日本式の旅館に泊まってもらいたいですよね。

夕食のサービスは全廃してはどうでしょう。雇っている板前の費用もなくなるから、旅館の宿泊料金をもっと安くできるのでは？　そうなれば、知的には上流でも経済的には中流の彼らにとっては大歓迎のはずです。

その代わり、旅館は周辺にある居酒屋とか小料理屋とかをネットワーク化する。そしてお客の希望を聞き、今日は魚が食べたいといったら魚専門の居酒屋を紹介し、予約してあげる。旅館がやるのはここまでです。彼らはそこへ行けば自分で料理を選べるし、また外国を個人旅行している人たちは、隣の席で食べている人の料理がおいしそうで、「あれと同じものください」となるものなんですよ。

私は、居酒屋というのは本当に日本の庶民文化の雄だと思っています。気軽に注文ができ、すぐ目の前で料理してくれる。これほど安全に安心して楽しめる場所はありません。そしてとても大事なことは、あまりお金もかからないということ。素晴らしい割烹料理を提供されて半分以上残すよりも、ずっと欧米の中産階級にウケるのではないかと思いますね。

ただし、日本の旅館の朝食は、よく考えて作られていて、これまたインターナショナルに紹介してもいい一つだと思っています。だから、日本式の朝食は提供する。そして昼食と夕食は、外のお店で食べてもらう。

このシステムでは、旅館が儲けるだけではなくて、近くのお店もみんなで儲けることになるので、地域の活性化にも役立つ。お客の嗜好を尊重しながら、それでいて迎える側、つまり旅館とか居酒屋とか小料理屋とかも、少しばかり頭を使うだけでいいんですよ。

この改革が成功すれば、恒久的なリピーターになってくれるかもしれない。それどころか、今やITの時代。職種によっては、世界のどこに住んでも仕事はできる。知的には上流に属すこの人々だから、日本に移住してもいいと思い出すかもしれないんです。

外国人の受け入れは、日本にとって重要な問題です。ならば、なるべく上質な外国人に来てもらいましょうよ。それには定評ある日本の治安、清潔、親切に加え、温泉と居酒屋にもがんばっていただきたいのです。

四国を日本のフロリダに

日本で地震が起ったというニュースを観るたびに、遠くに住んでいても心が痛む。天災の絶えない日本列島に住むわが同朋たちの苦労に、心が痛まないではいられないのは、九州出身者でなくても、海外に住む日本人ならば同じ想いにちがいない。だから、「破壊」の直後というのに「建設」をとりあげるのは、私とて迷ったのである。

しかし前に進むのをやめるわけにはいかない。いまだ人生の入口に入ったばかりの若い人達の将来を考えれば、前に進むのはわれわれ年長世代の責務である。というわけで、予定していたテーマで行くことにしたのである。ただし、理由はそれだけではない。

ヨーロッパ文明圏の外で歴史を作ってきた日本でさえも、一昔前の銀行の正面玄関が円柱の並ぶ造りになっていたのが示すように、欧米の大建築の基本型は、古代のギリシア人とローマ人が考え出したのだった。しかも、ギリシアも、ローマ人が住んでいたイタリア半島も、地震多発地帯なのだ。大型建造物の基本型は、地震のないフランスやイギリスで考え出されたのではない。地震ならば不足しない、ギリシアやイタリアで生れたのである。

今勉強中の古代ギリシアの文献の中に、いざ合戦となって平原に布陣したのに地震が起り、両軍の兵士達が逃げ散ってしまい戦闘にならなかったとあり笑ってしまったが、イタリア半島に至っては地震帯の上に乗っているので、火山と温泉に恵まれていること、日本といい勝負である。

地勢がこれでは、ギリシア人もローマ人も、どうせ地震で壊れるのだからと、簡単な造りで済ませてもよいはずだった。ところが、地震で苦労しているくせに、堅固で美しい建造物や街道や橋まで造りあげてしまったのである。

それを彼らに許したのが、彼らが考え出した耐震技術だった。いや、「技術」（テクノロジー）というよりも、「智恵」（ウィズダム）とすべきかもしれない。建材の選び方からその構造面での活用、立地も充分な配慮の末。だからこそ、遺跡になっているとはいえ、二千年後の今も建っているのである。コロッセウムを見てください。橋に至っては、今でも使われているものが少なくない。

しかし、「ギリシア・ローマ文明」と言われていても、ちがいはやはりある。

インフラにかぎったとしても、ギリシア人は個々別々の対象にその才能のすべてを投入したのに対し、ローマ人は、個々は独立していてもそれをネットワーク化することによって、より一層の活用を狙い実現したのだった。

その代表例が、「すべての道はローマに通ず」とまで言われたローマ街道である。いや、「街道」ではなく、「街道網」である。欧州・中近東・北アフリカまで網羅したローマ帝国も、街道網があってこそ現実化できたのであり、そのローマ主導による「パクス・ロマーナ」も、街道のネットワーク化によるすべての面での活性化の果実なのだ。

こういうわけで相当にローマ的になっていた私の頭の中に浮んできた考えが、日本列島のネットワーク化だった。そして、そのズームをしぼってきた先が、四国であったのだ。つまり、四国を日本のフロリダにするということです。

日本はすでに、四つの島を結ぶ事業を終えている。中国地方と北九州も本州と北海道の間も、今や新幹線で結ばれている。しかも中国地方と四国の間は、一応にしろ三本もの橋で結ばれている。だからこの現状を、さらにネットワーク化することで、より一層の活性化につなげようというわけ。具体的には、九州の東端と四国の西端を橋で結び、四国の東端と紀伊半島の西側を結ぶという話です。

ではなぜ四国か。

第一に、既に本州との間は三本もの橋で結ばれている。

第二に、気候の良さは抜群。

第三、食べ物と酒の美味さも抜群だが、その値段がいずれも安い。つまり、生活費全体が安い。

第四、医療設備や文化施設も、意外にも整っている。温泉もあるし、歌舞伎場もある。

最後は、何よりも四国の住民達に、大らかな気分の人が多いことだ。ホントかどうかは知らないが、長年に亘って離婚率日本一を誇っていた高知県は、慰謝料の請求額となると日本最下位なのだそう。

ただし、この四国にも欠点がある。それは、四国山脈を通る道路網の不備。太平洋側から瀬戸内海側に抜けるのが、今のように不便では、年齢的にも上で経済的にも余裕のある人々を引きつけるのが目的のフロリダ化は実現できない。だから、九州や紀伊半島と結ぶ事業より、優先されるべきだろう。

私の夢は、日本人に、季節に応じた渡り鳥になってほしいことなのだ。地震も起るし津波の心配も絶えないだろう。だが、この美しいわれらが日本列島を空を飛ぶ自由な渡り鳥になって、満喫してみてはどうであろうか。

最終的な移住をすすめているのではない。一カ月とか、三カ月とか、行った先で羽を休める暮らし方も有りですよ、と言っているだけである。

もちろん、四国山脈を通る道路網整備だけならばたいした出費にはならないとしても、四国と九州、四国と紀伊半島を結ぶとなると莫大な額になるだろう。しかし、今やマイナス金利時代。しかも、民間消費の拡大を待っていても、デフレからの脱出は希望薄。ただし、これほどの規模のインフラは、年ごとの採算などというケチな考えではできない大事業である。今の若い世代が大人になり、渡り鳥生活をできる時代になったときのための先行投資でもあるのだから。

Ⅲ

一国を背負うというのに、
若いうちは**雑巾**がけ、
なんて言っている**時代**ではもはやないのだ。
（「見ているだけで美しい」より）

「保育園落ちた日本死ね」を知って

「保育園落ちた日本死ね」という無記名の発言をめぐって日本中がざわめいていると知ったとき、気持ちはわかるが論理の飛躍のしすぎだと感じたのである。でも、すぐに思い出した。一昔前の日本で政府が言い出した「所得倍増」のときも、私はまだ学生だったが両親は、論理の飛躍のしすぎでほんとうに実現するのかしら、と話していたことを。

だがあのときは、倍増と言われてその気になった国民全体の努力によって、予期していた期間よりも早く実現したのである。あの一言をきっかけに、日本は高度成長に向けて急上昇し始めたのだから。数字の向うには常に人間がいるということを、実証してみせたのだった。

しかし、言葉ひとつで気分がプラスに向うという日本社会の真実は、言葉が変わればマイナスの方向に急降下しかねない、ということでもある。もしも日本の現代史を書く外国の歴史家がいるとすれば、日本の衰退が決定的になったのは「保育園落ちた日本死ね」からであった、と書くかもしれないのだ。素朴な愛国者である私には、いくら何でもこんなことで、と承服できないのである。それで、言葉としてはなかなかに出来のよいこの一句を、どうすればプラスの方向に向けることができるかを考えた。

ここに、二人の人間がいる。二人の前には、パンが一つある。このパンを二つに割って、正確に同量ずつ分配することは可能だ。だが、二人の人間の頭の中（つまり能力）を合わせたうえで二等分することは、絶対に不可能である。

種々様々な人々が集まって共生するのが人間社会だが、これらの人々も三種に分かれると思っている。

一番目は、「機会」さえ与えれば生産性を発揮できる人たち。割合は、社会全体の一割程度。

二番目は全体の八割前後で成る人々で、この人たちは「安定」を保証されることで生産性を発揮する人々。

最後の一割は、経済効率だけを考えればリストラ要員になってしまう人々だが、私が政治家や経済人ならば、「養う」に徹するほうを選ぶだろう。この人々の人権を尊重するからだけではない。「安定」層の八割に、情況の変化によっては背後の崖から急落下かも、のたぐいの不安を感じさせないためである。経済成長時代に生きた日本人にとっての「安定」とは、終身雇用であったのだから。

戦後の成長を荷ったのは、この八割である。生産性は低くても、数ならば圧倒的に多かった。これが、同時代の欧米、生産性ならば断じて高い一割に賭けた欧米諸国とのちがいであったと思っている。

女性活用も、この前例を見習ってはどうであろうか。「終身雇用」を「保育園」と考えることで。子供をもつ女にとって、安全に身近で子供を託せる場を保証されること以上の「安定」はないのである。そして、子供が生れても、仕事は絶対につづけること。

私が妊娠したとき、大先輩の円地文子先生に言われた。たとえ書く量が半減しても書くのを止めてはいけない、子育て期間の後に執筆を再開したときの苦労に比べれば、子育て中の執筆続行の苦労なんて軽いものよ、と。私も、この忠告に従ったのだった。

一人でできる作家業でもこれである。仕事を持つ女性の多くは、組織の中で働いている。しかも今や、日進月歩のハイテク時代。たとえ三年の育児休暇を保証されたとしても、その後の職場復帰は現実的に無理、ということになるだろう。だから、「女性活用」を机上の空論で終らせないためにも、保育システムの完備は、重要な国家政策にさえなりうるのだ。

それでこの保育園を、どこにどう建てていくかだが、私だったら、暫定措置法でよいから、政府が決めてまずはスタートさせる。完全を期すなんて言っていては、いつまでたってもスタートしないのが政治の常だから、不完全でもスタートさせるのが先決だ。暫定措置法で、公私ともにすべての組織に職場の一割に保育園を持つことを義務づけるのである。どの会社でも、使っていない部屋が二つぐらいあるのだから。

そしてこの種の保育園は、母親の職場内に置かれるのが望ましい。なぜなら子供とは、預けられると母親に捨てられると思いこむもので、その母親が仕事の合間にでも現われて抱きしめてくれるだけでこの種の想いは消え、子供は健全に成長するからなのだ。また、保育園は母親の職場内となれば、女性の職場定着率も向上するだろう。

幼稚園以前の子供を預かるのだから、保育士の資格などは不可欠ではない。育児の経験者ならば、誰でもできる。子供好きの女子学生でも、充分にできる。要は、泣かれたくらいで右往左往しないことなのだ。

出勤と退社時の交通事情だが、一時間後の出勤と一時間前の退社を認める方法もあるし、育児中の女性専用の車両を加えるとか、頭を働かしさえすれば解決策は見つかる。なにしろ、育児中に限っての措置にすぎないんですよ。

そして、保育園の建設に反対する中高年世代も、その気になれば保育園問題解決に参加できるのだ。まずは、二十年後の年金の保証はこの子たちが働いて稼ぐことにかかっていると肝に銘じ、近所の保育園に週の数時間でもボランティアで働いてみてはどうだろう。赤ちゃんの甘い匂いくらい、子育て時代に戻らせてくれるものもないのだから。

子育ては、政府の対策を待つだけでなく、日本人全体で取り組むに値する問題だと思う。「保育園落ちた日本死ね」が、「保育園入った日本生きる」になっていくためにも。

EU政治指導者たちの能力を問う

現実的な考え方をする人がまちがうのは、相手も現実的に考えるだろうからバカなまねはしないにちがいない、と思ったときである、と言ったのは、ルネサンス時代の政治思想家のマキアヴェッリであった。

今日（二〇一六年六月二十四日）、前日に行われた英国での国民投票の結果を知って、ヨーロッパ中が、いや日本の株式市場も大暴落したから世界中が、この一句をかみしめているのではないかと想像する。

イギリスは、国民投票の結果、ヨーロッパ連合から脱退すると決めた。脱退しようものならサッチャーが政権をにぎる以前にもどってしまうのだ、と考える人々に対して、不安、怒り、嫉妬、そしてこれらが合わさっての異分子排斥、の想いのほうが多数を占めたからである。

経済的には、当のイギリスを除けば、いずれは「ゆれ」はもどるだろう。だが、政治的な影響はとてつもなく大きい。

まず、英国内で動揺が起る。スコットランドが前回の住民投票のときに英国内に留まると決めた理由の一つは、イングランドがＥＵ内にいたからだ。もしも再度スコットランドで、英国からの独立を問う住民投票が行われたら、今度は独立派が多数になる可能性のほうが大。ウェールズはどうするのか。ＥＵ残留派が多数であった北アイルランド人も英国を捨て、ＥＵの一国であるアイルランドと合併すると考えないだろうか。

そうすればイングランドしか残らなくなり、「グレート・ブリテン」どころではなくなってしまうのである。

また、ヨーロッパに眼を向ければ、こちらのほうでも大波をかぶる危険は充分にある。本部のあるブリュッセルから次々と発せられる官僚的で非政治的な政策に不満を抱いていた国は多く、これらのいくつかは、英国が国民投票にかけると決めたときからすでに、われわれもやるか、と言い始めていたのだ。ヨーロッパ連合に加盟している国々でも、次々と国民投票、という事態になりかねないのである。

そうなれば、団結しているから新時代にも対処していけるという一事でまとまっていた、ヨーロッパ連合は解体してしまう。

たしかに近年のヨーロッパは、高い失業率による将来への不安、自分たちが苦労して築いてきた今の生活水準が崩されるのは移民や難民のせいだという怒り、カネを稼いでいるのは金融関係者ばかりではないかという嫉妬、が強くなる一方にあった。

しかし、この現情を改善するには、強固で一貫した政治意志と、それをゆっくりではあっても着実に進めていく忍耐力が求められる。

これほどの難事を有権者に飲ませるには、各国の政治指導者の能力が問われる。今のEUには、そこまでの能力を持つ指導者はいるのであろうか。

まず、英国首相のキャメロン――この人の顔を見るたびに、英国保守党の劣化を痛感してしまう。首相としての彼がやってきたことのほとんどは、失敗に終わっている。

サルコジ、つまりフランス、の後に従《つ》いて強行したリビアへの空爆。その結果は、独裁者カダフィは倒せたが、今なお解決しないリビアの無政府状態を生んだだけだった。

女王まで動かしての中国へのすり寄り政策も、期待したほどには中国が財布の口を開いてくれないので、これも失敗。

そして今、EU残留か脱退かを問う国民投票をすると言い出し、悲痛な顔で説得をつづけたにもかかわらず、英国民は彼の声を聴かなかったのである。
重要きわまるこのような問題を国民の投票にかけるなどということが、議会制民主主義を作り出した英国人の口から出たというだけでも嘆かわしいが、それを強行した末、敗れたというのだから、救いようがない。冷徹《クール》であることが必要不可欠とされてきた英国のエリートたちの政治センスは、どこに行ったのかと思ってしまう。
フランスの大統領オランド——この人の影響力は、国内でも国外でもまったく無い。変装したSPの運転するバイクの後部座席に彼も変装姿でまたがり愛人の家に行く写真をスクープされて以来、この人の影響力は完全に地に落ちた。フランス男もふくめてヨーロッパの男たちは、愛人はいてもかまわないのだが、ああもミゼラブルなやり方は嫌いなのだ。リーダーは、憎まれてもよいが、軽蔑だけはされてはならない、と言ったのもマキアヴェッリだった。
ドイツの首相メルケル——EU第一の強国ドイツを率いる立場にありながら、自ら先頭に立って引っ張っていくという気概なり肝っ玉なりが、この人からはまったく感じられない。彼女の口から出る言葉は「ナイン」だけで、拒否するからには代案を出さねばならないのに、そのようなことはまずしない。強弱混じった国々で形成されているEUをまとめていくには、強国ドイツが犠牲を払う必要があるのだが、その必要をドイツ国民に納得させる言葉にも、まったく熱がない。メルケル自身が、その必要を感じていないのではないかとさえ思う。

これが、イギリスがEU脱退を決める前のヨーロッパの実情であった。脱退が決まった今、ヨーロッパ中が大波に振りまわされるであろうと想像するのも、たいしてむずかしいことではないのである。

しかも、ゆれ動くヨーロッパに、舵にしがみついてでも自分が、と思う政治指導者はいず、自分たちで、と思う国もないのだから哀しい。

ローマ帝国も絶望した「難問」

今回は、私にも答えようがない「難問」について書く。それは、今のヨーロッパをゆり動かしている、そしていずれは日本も無縁ではいられない時が来るにちがいない、「難民」の問題である。

歴史に親しむ歳月が重なるにつれて確信するようになったのは、人間の文明度を計る規準は二つあり、それは、人命の犠牲に対する敏感度と、衛生に対する敏感度、であるということだった。

と同時にわかったのは、この敏感度が低い個人や民族や国民のほうが強く、負けるのは文明度の高い側で、勝つのは常に低い側、ということである。

この問題を考えるようになったのは『ローマ人の物語』の第十一巻を執筆していた頃で、その時期の私は、ウィーンとブダペストの間のドナウ河一帯をうろつきまわっていた。あの一帯がローマ帝国の安全保障の最前線であったからだが、なぜ最前線になってしまったのかと言うと、あの一帯が北方からの蛮族の侵入路になっていたからである。

ただし、ウィーンやブダペストにいては、二千年昔のドナウ河を想像することはできない。人が多く住むようになると、河幅までが狭くなるのだ。それでウィーンとブダペストの間にある田園地帯まで遠出して、そこの河岸に座って対岸を、あの時代のローマ人になったつもりで眺めたのだった。

ドナウは大河だが、場所によっては流れは速い。その対岸の森の中から現われた蛮族の大群が、にわか造りのいかだに女子供から家畜まで乗せて渡ってくる。転覆して溺死する者も多かったにちがいない。それでも蛮族はひるむことなく、いつ果てるかと思うくらいに、ローマ帝国領目指して次々と押し寄せてくる。

ウィーンもブダペストも、今ではオーストリアの首都でありハンガリーの首都だが、ローマ帝国が軍事基地を置いたのがもともとの起源。ローマ人は軍事基地でも民間人を加えて都市化するのが常であったので、帝国の辺境地帯と言っても人は多く住んでいたのである。

それらローマ人は、どんな想いで、押し寄せる蛮族を見ていたのであろうか。渡河中の溺死にも、渡り着いた後の劣悪な環境下のテント暮らしにも平然としているボロ着に身を包んだだけの人々の群れを、どのような想いで眺めたのであろうか。

しかも彼らは、城壁内の住人からのほどこしをありがたく受けるどころか、自分たちも町中に住まわせろと要求する始末。古代の蛮族は、武器をたずさえていた。

その様を想像しながら考えたのだ。

ローマ帝国が衰退したのはローマ人が堕落したからだとする従来の定説は、ほんとうに正しいのかと考えたのである。

もしも正しければ、長期にわたって「ローマの平和」を実現した大帝国衰退の要因も、「驕れる者久しからず」に一例を加えることでしかなくなる。

『ローマ人』の第十一巻は、「終わりの始まり」と題されている。ローマ帝国の終わりの始まりは、驕ったからではなく、絶望したからではないかと思い始めたのだ。この巻の最初の主人公は哲人皇帝と讃えられたマルクス・アウレリウスだが、この人は侵入してくる蛮族への対策中に、ウィーンで死んだのであった。

しかし、「絶望」は昔の皇帝の専売特許ではない。二十一世紀の今でも、ゴミ問題で絶望しているのだから。

私の住まいは中流家庭が多いごく普通のマンションだが、各家ともお手伝いはいる。この種の仕事はイタリア女がしなくなって久しいので、フィリピンか、ルーマニア等の旧共産主義国から来た女たちが多い。わが家に週に一度来て大掃除してくれるのも、モルダヴィアの女。

仕事ぶりには不満はない。日本女性にはまねできないくらいの熱心さで清潔にしてくれるうえに正直なので、この種の仕事をまかせておくのには問題はない。困るのは、ゴミの処理なのだ。

ローマでもこの頃は、ゴミは種類別に分けて出すようになっている。今日は何と決まった日にマンションの一画に置かれた袋の中に捨てると、市の清掃人が来て持って行ってくれる。ところが彼女たちにまかせると、分類など気にせずに何もかも眼の前にある袋に投げこんでしまう。

悪気でやっているのではないのだが、何度注意しても改まらない。それで、電気掃除機には長らくさわったことのない私も、ゴミだけは自分で出すことにしたのだった。他の家でもそうするようになったという。

それでも彼女たちはEU内の国から来ているので、不法入国者ではない。今のイタリアには、アフリカからの不法難民が、平均して一日に一千人も上陸してくる。武器など持つ必要はない。人権尊重一途のヨーロッパの船が、ケイタイで呼び出すや救援に来てくれ、イタリアの港に降ろしてくれるからである。イタリアが一〇パーセントの失業率に苦しんでいることなど、知ったことではないかのようだ。

どうすれば、「終わりの始まり」になりかねないこの難問題が解決できるのか、私にはわからない。わが祖国日本がこの難問に直面する時期が、なるべく遅く来てほしいと祈るだけである。

両陛下のために、皇族と国民ができること

天皇陛下が生前退位の御気持を示されたことで、日本中に衝撃が走っているらしい。私も、全文を送ってくれた人がいたので、陛下の御言葉を読んだ。また、その後に巻き起った百花繚乱という感じの有識者たちの意見も、読んでみたのである。

その感想だが、陛下は明快に述べられているのに、受け取った側が複雑にしてしまっている、という感じ。やはりここは、整理して考える必要があるように思う。

大前提は、日本人にとって皇室が存続したほうがよいか、または否かで、私の考えならば明らかに前者。前者が多数であれば、次の問題には自然につづいてくる。

どうすれば皇室を、しかも陛下が御高齢に達した場合でも、存続させていけるかである。ところが、その規範になるべき皇室典範の改正と言っても、簡単にできることではないらしい。とはいえその作業を、万全を期すあまりに慎重に進めていては、陛下の御心労や御

体調は悪化するばかり、という現実も忘れるわけにはいかない。

それで考えてみたのだが、皇室典範の改正のような作業は始めていただくとしても、同時に、すぐにも手がつけられる改正をスタートさせてはどうか、ということだ。

それは、皇族の方々全員に、各自ができる事柄と日時を列記していただき、それを基にして、可能なかぎり両陛下の御公務を減らす手段を見つけるということです。

陛下と皇后様がカップルで公務をなさるというのは、両陛下が創り出されたシステムであった。昭和天皇の時代には、カップルという印象はなかったのだから。

それならば両陛下にはもう一苦労いただいて、これ以後は皇族全員で公務を分担するというやり方を創り出してみるのも、有りではないかと思うのである。日本の多くの家庭にとっても、良き例になるだろう。夫婦がともに公務を行うという両陛下創造のシステムが、多くの日本人に、ステキで心暖まる光景に見えたように。

ただし、配慮さるべきことは一つある。それは学業で、これだけはアンタッチャブルであるべきだ。古代のギリシアでもローマ時代でも、国家存亡の危機でさえも、未成年層は戦場に送り出さず、銃後の作業にも駆り出されなかった。次世代の養育は、これほども重要なのである。とはいえ、夏休みとか冬休みはある。夏休みを利用しての若き皇族の公務なんて、ステキだと思いますけどね。

皇族全員のできることとできる日時が判明した次の段階は、宮内庁も加えての調整作業。ここで、どうしても両陛下でなくてはダメ、という事項が明らかになるだろう。私の想像では、国賓関係ははずせないのではないかと思うが、そのときでも必ず、皇太子や秋篠宮の御夫妻が同席なさってはどうか。

どうも日本の皇室は、これまで両陛下に頼りすぎていたように思う。それがこれからは、一家総出に変わるのです。変化は変化だけど、悪い変化ではないと思うのだが。

また、いずれは皇后になられる皇太子妃殿下の御公務だが、皇太子御一人でもけっこう、という雰囲気になったほうがよいのではないかと思っている。妃殿下には、御気分がよろしければ、というあたりに留めておいて。またそのほうがかえって、妃殿下の御心を軽くするのに役立つのではないだろうか。やらなければと思っていると、それだけで気分が重くなるものなのだから。

そして国民の側も心を入れ換えるべきだろう。両陛下に来ていただかなくては、等というお願いはやめましょう。皇族のどなたか御一人が来て下さるということは、皇室全体が来ることと同じと、これからは考えるべきである。

要するに、両陛下には御負担が増す一方の御公務の軽減は、皇族だけでなく国民全体も協力してこそ可能になるということだ。

いいではないですか。たまにはこのように平和なことに、国民が一丸となるというのも。それにしても、まったくもう、とでも言いたいくらいに、天皇陛下の責任感の強さには圧倒された。

いつか皇后様が、わたしたち同世代は、とおっしゃったのでその御言葉を使うけれど、われらが世代はなんと、笑っちゃうくらいに責任感が強いのだろう。

私でさえも、雨にも負けず風にも負けずではないが、右手首の骨折にも負けず、若い編集者から、ローマ・夏の陣ですね、なんてからかわれても意に介さず、書くと約束したからには書くと、労働基準法違反だ、老人虐待だ、とかグチりながらも書きつづけているのである。

やはり書けません、と言ったとしても、本の売れないこの時代、出版元は痛くもかゆくもないのだ。それでも書きつづけているのだから、まったくもう、以外の何ものでもない。

ただし私の仕事は、人に会わないでもやっていける仕事である。人と会うのが常の両陛下の日常を思うたびに、心休まるときもないのではないかと心が痛む。原稿を書くのも疲れるが、人と会うのはそれ以上に疲れるのです。

同世代の両陛下に、今日一日は誰にも会わなくてよい、という日を贈ってさしあげられたらと切に思う。普通の人ならとっくの昔に停年退職になっている年齢から、もう二十年も激務をつづけられているのだ。

われわれ全員が知恵をしぼって、御二方が少しにしろラクになる方策を見つけるのは、これまでの長年にわたって、御公務をまっとうなされてきた御二方への、せめてものお返し、ではないかと思うのだが。

「会社人間」から「コンビニ人間」へ？

前回のコラム、生前退位への陛下の御希望を知っての私の感想を述べたコラムへの若い読者の感想を、まず紹介したい。

「塩野さんの原稿を読んでいると、なぜ日本人は物事をシンプルに（時にはグラデーションをもって）考えることができないのか、と考えさせられます。

皇室典範改正が難しいなら段階的に、皇室行事に負担が多いなら分散する……といった答えに、なぜ我々は辿り着かないのでしょうか。きっと、ローマから日本を眺める塩野さんは歯がゆいことでしょう。日本にいる私でさえ、歯がゆいのですから……」

ここまでは私に同意しているこの人だが、問題はここから始まる。

「実は、今回の御原稿で一番眼を引いたのは、われらが世代はなんと、笑っちゃうくらいに責任感が強いのだろう、という一句でした。

責任感……なんだか、今の若者＝われわれ世代（私は三一歳です）の日本人からすると、強い忌避感すら感じる言葉です。今の若者は責任感から逃げている、なんて軽々しく書くと、それには事情があると言われそうですけど（たとえば、責任感を持てるほどの待遇＝給料はもらっていない、とか）。天皇陛下に限らず上の世代の方々は、何かを背中に背負って日々歩んでいる気はします。

責任感――そう、皇室を巡る論議は、実に無責任な議論です。テレビに登場する学者や評論家たちはみな、お題目は立派でも言いたいことを言い合うだけ。これも、現代人の病いでしょうか。

なんて書いている私からして、責任感という言葉に、ちょっと身が引けてしまうのですが」

ファックスで送られてきたこの文を読んで、微苦笑するしかなかった。

責任感と言っても重く考える必要はなく、誰でも幾分かはどこかで、責任ある行為はしているのですよ。たとえば、コンビニの店員の親切な対応とか。

と思っていたときに読んだのが、芥川賞の受賞作という『コンビニ人間』である。

とても御上手な話の運び方なのでスイスイ読んでいったのだが、読み進むうちに少しずつ気が重くなり、最後には暗澹たる想いで読み終えた。

かつての「会社人間」は、今では「コンビニ人間」か、と。

マニュアル化された事柄だけをやっているだけでよいという心地良い安心感と、それと裏表にある、「個」が存在しない世界の索漠さ。

作者は意識しているのかどうか知らないが、この作品は怖ろしい小説である。

「保育園落ちた日本死ね」は、まだ解決策があった。何がどうあろうが保育所を建てて待機児童をゼロにしさえすれば、日本は死ななくても済むかもしれないのだから。

だが、「個」が存在しない社会に生きるほうが心地良く、何やら真綿にくるまれているかのように安心できる、と思う人が一般的になろうものなら、未来に待っているのは「日本の死」でしかない。

なぜなら、誰が、今や多数派になったこの生き方に逆らって「個」を維持し、「個」があるからこそ発揮される責任感に基づいた行為などをしようとするであろうか。

無責任社会、の始まりである。私が、親切心からと思っていたコンビニの店員の振舞いは、マニュアルどおりであったらしい。言葉は交わしても視線は合わない、ロボットのようだった。

しかし、規定どおりというのは、店員の対応ばかりではない。コンビニで供される食品は、始めのうちは美味しいと思うが、そのうちに飽きてくる。万人のためと思って味つけしているのだと思うが、これに慣れ、これしか味つけはないと多くの人が思ってしまう社会は、何と呼んだらよいのだろう。

かつての「会社人間」は社畜などと呼ばれ、有識者たちからの罵詈雑言を浴びたものだった。攻撃されたのは、正社員ゆえに強者だったからである。

「コンビニ人間」は、罵詈雑言は浴びないだろう。正規の社員でない彼や彼女たちは、社会では弱者だからだ。

しかし、攻撃されないでいるうちに、まるでアメーバでもあるかのように広がり埋めつくすとしたら？

責任感とは、そうなった社会でも生きていくしかない人々に、マニュアル化された中でさえも発揮される、人間的な味つけのようなものではないかと思うのだ。それも無しでは、百パーセント、ロボットになってしまう。

イタリア人はよく、「フェッソ」（お人好し）にはなりたくない、と言う。だが、この考え方こそが、多方面の才能には恵まれていながらそれを活かしきれないイタリア人の、欠点だと思っている。

場合によっては、いやしばしば、バカと言ってもよいお人好しが動くから社会も動くのだ。規定にはないからやらない、と考える人のほうが多数派かもしれない。だが、規定にはなくてもやる少数が、社会を停滞から救うのではないか。二十年に及ぶ日本のデフレは、前者が肩で風切る状態がつづいているからではないか、とさえ思う。

責任感とは感受性の問題であり、感受性とは相手の立場に立って考えることでもあるから、想像力の問題でもある。つまり、窮極の人間的な「味つけ」だ。次に帰国したとき、コンビニのレジにいるのは人間ではなく、ロボットになっているのかしらん。

著者のこだわり

ついに脱稿。とはいえ昨年から始めていた『ギリシア人の物語』三部作の二巻目を書き終えたにすぎないのだが、私の場合は、脱稿後に感じる想いは、書き終えたというより、わかった、という想いのほうが強い。あら、わからないで書いていたんですか、と言われそうだが、それには少しばかり説明が必要になる。

あるときのインタビューで、「学者たちとあなたではどこがちがうのか」と問われたことがある。それに私は、こう答えた。

「その面の専門家である学者たちは、知っていることを書いているのです。専門家ではない私は、知りたいと思っていることを書いている。だから、書き終えて始めて、わかった、と思えるんですね」

もちろんそれなりの勉強は、書き始める前に済ませてある。ただ、いかに著名な歴史家の叙述でも世界的な権威の意見でも、それに捕われたくないだけなのだ。

この三部作を書きたくなった動機は二つあって、第一は古代のギリシア人をわかりたいと思ったこと。第二は、彼らの創造した政体である民主政が、なぜある時代には機能し、なぜある時期からは機能しなくなったのかを、わかりたいと思ったこと。

これまでの定説では、前者は「デモクラッツィア」(民主政)、後者は「デマゴジア」(衆愚政)と簡単に片づけてきた。なにしろ日本の辞書では「衆愚政」を、愚か者たちによる政治、としか説明していないのだから。だが、学校での出来がはなはだ悪かった私は、何であろうと馬鹿馬鹿しいくらいに素朴な疑問からスタートする癖がある。

アテネの民主政と衆愚政の境い目は大政治家であったペリクレスの死、というのも定説になっているのだが、ペリクレスが死んだとたんにアテネの民衆が愚か者に一変した、というわけもないでしょうと考えたのだった。一夜明けたらアテネ人の全員がバカになっていた、というようなことは起りえないのだから。

それでこの重要きわまる命題を総論という形で正面から斬りこめば新書版で済むのだが、私にはもう一つ悪い癖があって、アテネ市民、と言ってもギリシア人全体の行跡を一つ一つ追っていくことで解答に迫るやり方をもっぱらとしている。各論をつみ重ねていくと言ってもよいが、このほうが歴史を書くのに適しているとも思っているのだ。おかげで長文になってしまうが、それもまた、リスクの一つ。

要するに「民主主義」と言えばそれだけで問題が解決すると思いこんでいる人々への疑問を、書いていくことで晴らしたかったのであった。

この件に関して詳しく知りたいわかりたいと思われる人には、年末刊行予定の単行本を読んでくださいとお願いするしかない。新書でも書けない内容を、コラムで書けるはずはないのだから。

これから私は、一年ぶりに日本に帰国する。書きあげた後の休養ではまったくなく、書きあげた原稿を書籍にしていく作業のため。

第一に、地図作り。中国での出版に私が出した唯一の条件が、原本に載っている地図はすべて載せることであった。どこにどの地図を載せるかは著者の問題意識の反映でもあるので、高名な歴史書のそれを転載すれば済むことではないのだ。良いものがあれば、出典を明示して転載することはあるが、たいていは白地図に記入していく作業になるので、定価が高くなると出版元は良い顔はしないのである。

第二は、登場人物の肖像や、偉大なる文化を創造したギリシア人ゆえ選択も困るほどある肖像・立像・浮彫りの写真を、なるべく多く載せてもらう苦労。これまた定価に反映するので、出版元が良い顔をするわけがない。それでもがんばる。ギリシア人は政治上では問題多き人々だったが、スゴイ文化を創り出した人々でもあるのです、それを読む人にわかってもらいたい、と言って。わがスタッフのチーフはそれはよく承知してくれている。営業との間では苦労しているのだろうと思っているが、この「わが闘争」は退くわけにはいかない。わが願いはただ一つ。私の作品を買って読んでくれる人に、可能なかぎり最上の状態で提供したいだけなのだから。

なにしろ、登場人物の肖像も、どれでもよいということにはならない。この肖像を、この角度からとらえた写真にしたい、なんて求めるのはいつものことで、中国版でも、地図と同様に肖像もこの形でということを条件にしたくらいであった。

古代の話だから、遺っているのもブロンズか大理石かモザイクの肖像しかない。だからこそかえって、写す角度によって印象が変わってくる。一例をあげればローマ帝国初代の皇帝アウグストゥスで、古代三大美男の一人と言われたこの人も、正面から見ると整った美男でしかないが、横顔となるとがらりと変わる。美男は美男でも、厳しく冷徹《クール》な美男に変わるのだ。あれを読者にも見てもらいたくて、単行本だけでなく文庫本でも、無理言って載せてもらったのだった。

『ギリシア人の物語』の第二巻には、三大美男のうちの二人が登場する。一人はカバーに使うと決まっているのだが、もう一人をどうするかはまだ未定。帰国後の〝闘争〟の一番手は、彼の顔をカラーで載せたいのですが、になるだろう。同時に、ギリシア彫刻も可能なかぎり多く載せたい。真・善・美の概念を創り出したギリシア人を物語る三巻だ。美を、欠くわけにはいかないのである。

歴史とは、その時代に生きた人々がつむいだ物語である。それを、わかってもらいたいのだ。

帰国中に考えたことのいくつか

ヒラリーの敗因。

生涯の大勝負に二度も、初回の相手はオバマ、二度目の敵はトランプ、で敗れたヒラリーの政治キャリアはこれで終わりだろう。それでもなお彼女の敗因を探るのは、野望に燃えている日本の女たちへの参考になるかと。

まず、ヒラリーにとっての最大の敵はヒラリー自身であることへの自覚の欠如。ガラスの天井とか男社会の壁とか、そんじょそこらのフェミニストが口にする薄っぺらな責任転嫁は、大統領を目指した女ならば口にすべきではない。

第二に、「初めての女性大統領」を強調しすぎたこと。これをしたことによって、もともとからして自信喪失気味の白人男たちに、これまでは黒人、次は女、その次はゲイか、という怖れを抱かせてしまったのではないか。

敗因の第三だが、何かをやりたいから大統領になるのではなく、何が何でも大統領になりたいという印象を、有権者に与えてしまったこと。野心的であるのは、悪いことではない。だが、それだけというのでは男であっても見苦しいし、支持者の拡大にバイアスがかかったのも当然だ。

横浜の学校で起きた、福島からの避難児童へのいじめ。

これを知ったときにまず感じたのが、最大の責任は加害者児童の両親、それもとくに母親、にあるということだった。またこれは、起るべくして起った問題でもある、とも思った。

食卓でこんな話が交わされる。母親が言う。ウチは小さい子もいるし、福島産のお米も野菜も買わないことにしたわ。放射能やら何やら、バイ菌もついているかもしれないから。父親は、それに賛成はしないが反対もしない。このような会話を聴いた子が学校で、福島からの避難児童に残酷に当っても、誰が非難できよう。両親の会話には、あの人たちって賠償金を相当もらったらしいわよ、という話もあったかもしれない。賠償金なんて、小学生の頭から生れる考えではない。

子供は、親をまねることで育つのである。だからこそ育児は、大変だが立派な仕事なのだ。子供の無知で残酷な振舞いは、大人の無知と残酷さの反映にすぎない。福島の原発事故の直後、東京にいてさえ放射能を怖れ、子供連れで関西や九州に避難した女流作家が二人いた。良識派をもって任ずるマスコミは、この二人の行為を賞讃した。あのときに私が感じたのは、わが子を思えば避難したいと思っていても事情があってできない母親が大勢いるのに、何という無神経な行為か、という想いだった。

想像力とは、相手の身になって考える能力、である。作家のくせに、それさえもないのか。そして、それさえもない人を賞め讃えるマスコミの、恥ずかしくはないのかと思うほどの想像力の欠如。

日本人がよく口にする「キズナ」なんて、この程度のシロモノである。あれからの五年余り、福島の人たちがどれほど風評被害に苦しんできたか。横浜で起きたいじめも、そのうちの一つだと思うべきである。

たしかに、学校側の対応にも問題はあった。だが、学校側にだけ責任を負わせることはできない。にもかかわらず、市当局もマスコミも、非難を向けたのは学校側に対してだけで、加害児童の親たちの責任に言及した人は皆無に等しかった。日本の〝良識派〟の、中身を見る想いになる。

十一月二十二日の早朝、その福島での地震で眼が覚めた。

まず感心したのは、津波が来るから逃げよ、と告げるアナウンサーの決然たる口調。帰国して以来、国会での与野党間の討議を聴いていて、その話しぶりの不明瞭さにはげんなりしていたので、日本人も津波となると、明快で断定的で決然とした口調になれるのだとわかって、壮快さを感じたほどだった。

死者が出なかったのは、何よりもの幸い。負傷者だってそれほど出なかったようで、これまた幸い。だが、私が最も感心したのは、道路や橋などのインフラに被害が出なかったことである。

ただ単に、今回の地震や津波は「性質」が良かったからかもしれないが、あの大震災以来の五年間に成された再建の成果でもあるのでは？　もしもそうならば、日本人は胸を張って誇ってよい。こういうことこそ、海外に向けてきちんと発信すべきことだと思う。海外で受ける日本がらみのニュースといえば、地震や津波が起ったということだけで、その後の再建までは報道されないのが常。だから、日本人自身で発信するしかないのである。

トランプ関連。

トランプの登場に一喜一憂している日本政府と野党には今さらながらげんなりだが、世界最大で最強の国のことだから、ある程度はやむをえない。また、他国に無関係では生きていけないのは現実なので、米国の動向に注意し続けるのも当然である。

しかし、こういう時期こそ、日本さえその気になればできることを現実化してみてはどうか。

TPPがもしも実現しなかったとしても、あれを契機に動き出していた日本の農業改革。これならば、トランプがどう出ようと関係なく、われわれ日本人だけでできることなのです。TPPがどうなろうと、日本の農業の抜本的改革ならばやり遂げた、と言えるように。

今の日本にとっての農業改革の重要度は、道路や橋やトンネルなどのインフラにも匹敵する。トランプなんかは忘れて、やってみようではないですか。

若き改革者の挫折

日本の次に愛するイタリアのことなので、十二月四日に行われた国民投票の結果には悲しい想いになっている。なぜなら、二院制を事実上の一院制に変えるための憲法改正の可否を問うた国民投票でイタリア国民はNOと答え、それによって提案者であった首相は辞任し、この若き首相が実行中であった改革路線が挫折することになってしまったからである。

イタリアには抜本的な改革が、絶対に必要だった。そして、三十代でフィレンツェ市長から首相になったマッテオ・レンツィ一人が、始めから明確にそれを主張し、若さゆえの活力でそれらの断行に着手し、三年足らずの期間にしても、効果は少しずつ現われていたのである。

まず、緊縮一本槍の路線から成長路線への転換。職を増やそう、しかも若年層の職を増やすことを目標にかかげ、そのためには経済界との共存共栄もOKだとした。この転換は、しかし、もはや組合員の職場の保持しか頭にない労働組合を敵にまわしてしまう。若年失業率が高いこともあって、既成労組は中高年の牙城と化しているからだ。

しかもこの方針転換は、自党内の守旧派に、左派的でないと反対理由を与えることにもなった。レンツィの主張する、機能する政治の実現には右や左という従来の党派色は関係ない、という態度は、左翼政党と自負しているこの人々からは、許し難い異端になるのである。子供の頃より「ウニタ」（日本ならば「赤旗」）だけを読んで育ってきた、赤こそが労働者階級の色と信じて疑わない人々は、レンツィは右だ、つまり資本家側だと思ってしまったのだ。

これが、自党内の中高年層でこれまでの政治の既得権層でもあったベテランたちに、打倒レンツィの理由を与える。国民投票でもNOと投票すると公言し、実際にそうした人々でもある。レンツィのかかげたスローガンの「廃車処分」の的にされるのを怖れた中高年層の反撃は、女の嫉妬や恨みの水準ではない。廃車処分が決定的になる前にレンツィをつぶす、の一念の前には、イタリアの将来などは知ったことではないのだ。

ブリュッセルにあるEU政府も、ヨーロッパ主義者のレンツィを助けるどころか、足を引っぱっただけだった。

ＥＵの加盟国であるということは、ＥＵ政府に縛られるということでもある。国家予算も、政府で決め国会が可決すればそれでＯＫ、ではない。政府が決めた予算案はまずＥＵ政府に提出し、認めてもらう必要がある。ではＥＵ政府は、どのようなことでレンツィ政府の足を引っぱったか。

イタリアでは去年の夏、またも地震が起った。日本に似て地震帯の上に乗っている国なので、津波は起らなくても地震はしばしば起る。

その地震で倒壊した建造物（公的建物から私用の家まで）の再建に費用がかかるので、ＥＵが認める対ＧＤＰ比の財政赤字の率を、当初目標より〇・一パーセント上げるのを認めてくれとの伊政府の要請に、ＥＵ政府はＮＯと答える。倒壊家屋再建のための出費は認めるが、その再建に耐震技術を使うか否かはそれぞれの国内問題、というのが理由。このとき、レンツィは怒った。地震多発地帯だから地震は必ず起る、人命の保護を考えない政治はもはや政治ではない、と言って。だが、これを知ったイタリア国民は、レンツィが政治能力を欠いているからＥＵ政府を説得できないという、反対派の非難のほうに耳を傾けたのだった。

難民対策でも、EUはレンツィの足を引っぱった。北アフリカからは地中海を渡って、連日一千人近くもの難民が押し寄せてくる。それに対するヨーロッパ諸国の〝協力〟は、自国の船を出して海上でアップアップしている難民たちを救い上げ、イタリアの港に上陸させて終わり、なのである。難民は、ドイツやフランスやイギリスを始めとする北西ヨーロッパの国々に行きたい。ところがこれらの国は、国境を閉鎖したりして入国を拒否している。ゆえに難民は、イタリアに留まるしかなく、イタリア内で増える一方。人種差別主義者でもなく人道上の同情心もあるイタリア人でも、困り果てているのが現情である。と言って、彼らを働かせることもできない。難民協定とやらでは、移住を希望しない国での就労は禁じているからだ。国民投票でNOを投じたイタリア人の中には、難民対策への不満が少なくなかったにちがいない。それにしてもこの三年間、EU全体での難民対策の必要を訴えてきたレンツィに、応じてこなかったのがEUであった。ヨーロッパ主義者を、ヨーロッパがつぶしたのである。

日本のマスコミでは、今回の国民投票は、国民が既成政党にNOをつきつけた結果、としているようである。だが私は同意できない。民主党は、既成の政党ではある。だが、レンツィが率いた政府は改革を目指し、しかもそれを実施中だったのだ。改革がいかに難事業であるかの理由は、それを進めて行くのには忍耐を要し、しかもその意志を持続させねば成功できないからである。それがイタリア人にはなかった。なかったから、コメディアンとして成功できなかったことから世の中を恨み怒り狂っている男に煽られてしまったのである。

怒れるコメディアンは高言している。国政を奪取し、任期の五年間で既成勢力のすべてをぶっ壊し、その後は潔く下野すると。この程度の男が率いる運動にイタリア人の三人に一人が票を投ずるというだけでも絶望的だが、国民の一人一人に充分な判断力があるという前提に立つ国民投票などには、訴えるべきではなかったということかもしれない。日本人も、頭を冷やして考える価値はあるのではないか。

トランプを聴きながら

二千年昔に生きたローマ人を書いていた頃よりも、さらに五百年も前に生きたギリシア人を書いている今のほうが現代の政治の動向への関心が強いのはなぜか、と考える毎日だが、それへの答えならば簡単だ。ギリシアの政治危機を見たローマ人は、それを避けるために新しい国家理念を創り出したからで、あの時期に早くもローマ人は、衆愚政とは民主政の国にしか生れない政治現象であることに気づいたのにちがいない。

と言っても今の私が相手にしなければならないのは、危機の真只中にいたギリシア人のほうなのだ。それも、彼らの歴史を物語る全三巻中の第二巻を「民主政の成熟と崩壊」と銘打った以上、民主政体の創始者で最良の実現者でもあったアテネが中心になるのも当り前。というわけで、そのアテネで民主政が機能できたのはなぜで、機能しなくなったのはなぜかを書いていったのが第二巻だが、それを書いている途中で壁に突き当ってしまったのだった。

われわれ日本人は、「デモクラシー」という言葉を簡単に口にする。「民主主義」と叫びさえすれば何ごとも解決できる、という感じだ。同様の感じで、「衆愚政」という言葉も、誰も疑いを持たずに口にしてきた。

ところが、民主政という日本語訳の原語は、古代ギリシア語の「デモクラティア」(demokratia)であるのは誰でも知っているが、衆愚政の原語も同じく古代のギリシア産の「デマゴジア」(demagogia)なのである。その「デマゴジア」の日本語訳の「衆愚政」を、日本の辞書は、「多くの愚か者によって行われた政治」としか説明していない。

となると、私のような何にでもツッコミを入れたがる人間の頭の中では赤信号が点滅し始める、ということになる。ペリクレスが卓越した政治家であったことは事実だが、彼が死んだとたんにアテネの有権者たちがバカに一変したというわけでもないでしょう、と。

しかし、ペリクレスの死を境に民主政アテネが衆愚政に突入していったのも事実なのだ。こうなると、その「なぜ」を解明しないことには書き続けられない。その「壁」を、少しにしろ越えることができたのは、イタリアの辞書のおかげだった。

——「デマゴジア」とは、「デモクラツィア」の劣化した現象。と言ってもこの両者は金貨の表と裏の関係でもあるので、デモクラシーも、引っくり返しただけでデマゴジーに転化する可能性を常に内包しているということ。

イタリアの辞書は、「デマゴーグ」に関しても次のように説明している。

――実現不可能な政策であろうとそのようなことは気にせず、強い口調でくり返し主張しつづけることで強いリーダーという印象を与えるのに成功し、民衆の不安と怒りを煽ったあげく一大政治勢力の獲得にまで至った人のこと。つまり、扇動家。

二千五百年昔の衆愚政について書かねばならない私にとって、イタリアの元コメディアンで五ツ星運動の主導者グリッロと、選挙運動中のトランプは、生きた標本になってくれたのであった。

去年の一年間というもの、この二人の言動を観察しつづけたのである。その結果、二千五百年の歳月が横たわっていようと、いくつかの共通点があることがわかった。

一、教養がないだけでなく、品格にも欠けること。ただし扇動者となると、これは弱味にはならずに強味になるという人間社会の不思議さ。

二、自分たちだけが大切で、他の国々は関係ないとする考え方。これは、短期的には成功するとしても、長期的にはどうなるのだろうか。

「アメリカ・ファースト」で終始したトランプの大統領就任演説を聴きながら、古代のギリシアは「デマゴジア」の混迷の後に新しい国際秩序の再建に成功するが、アメリカにはその力があるのだろうかと考えてしまった。もしも成功しないとすると、トランプの就任演説はアメリカにとって、終わりの始まりを示すことになるのだろうか、と。

その一日前かにダヴォスで習近平が行った自由貿易礼讃のスピーチには、わが眼と耳を疑った。それだけは中国人に言ってもらいたくないと思うと笑うしかなかったのだが、何だか地球が引っくり返ったようではないか。

ちなみに、「デマゴーグ」と「ポピュリスト」は、日本では同じ意味で使う人が多いが同じではない。ポピュリストは大衆に迎合するが、「デマゴーグ」となると迎合なんてしない。普通の人間ならば多少なりとも誰もが持っている将来への不安に火を点け、それによって起った怒りを煽り、怒れる大衆と化した人々を操ることが巧みな男たちのことだからである。

これによって起る津波を避けたければ、腹をくくるしかない。トランプの言行に注意は払いながらも、彼と関係しなくてもできる政策を次々と実現していくことである。

TPPは不発に終わるとしても、あれのおかげでヤル気になり始めていた日本の農業改革。そして私の考えでは漁業改革も林業改革も。日本の政治家の好きな言葉ならば、「粛粛」とやりつづけるのである。農業・漁業・林業ともの改革が実現すれば、少なくとも日本人に、新鮮な水と食を保証することはできるのだから。

トランプにもプーチンにも習近平にも関係なくやれること、つまり日本人さえその気になればやれることを、やってやろうとは思いませんか。何もスイスのダヴォスまで行って、自由貿易の旗手ぶることまではしなくても。

負けないための「知恵」

五十年も歴史を書いていながらこうも平凡な結論にしか達せないのかと思うとがっかりするが、それは、自らの持てる力を活用できた国だけが勝ち残る、という一事である。

古代のローマのようにナンバーワンをつづけるケースもあるし、中世・ルネサンス時代のヴェネツィア共和国のように、ナンバーワンにはならなくても強国の一つとして、長年にわたって政治的独立と経済的繁栄を維持しつづけた国もある。ローマもヴェネツィアも、このような状態にあった歳月たるや一千年に及ぶのだから、ハンパな話ではない。

『海の都の物語』という題でヴェネツィア共和国の歴史を書いていた当時、私の頭に去来していたのは、この国は今ならば、国連の安全保障理事会の常任理事国でありつづけたろう、という想いだった。勝てばそれはそれでけっこうだが、負けさえしなければ、長期的には勝つことになるのである。

それにしても、「自らの持てる力の活用」とは、もしかすると人間にとって最もむずかしい課題であるのかもしれない。だからこそ、歴史に登場した国の多くが、失敗してきたのではないか。

ちなみに、持てる力とは広い意味の資源だから、天然資源にかぎらず人間や技術や歴史や文化等々のすべてであるのは当り前。つまり、それらすべてを活用する「知恵」の有る無しが鍵、というわけです。

わが祖国日本に願うのも、この一事である。

中国を再び追い越すなど、忘れたらよい。国内総生産が世界何位になろうと、そのようなことに気を使う必要はない。大国にふさわしい外交をしたいだって？　もともと「和をもって尊しと成す」を国外でも通用すると信じて疑わない日本人に、外交大国になる力があるのか。

「外交」ではなく「外政」と訳しておくべきであったのだ。そうであったならば、他国との間で行う政治になる。となれば、血を流さないで行う戦争である。それが、友好的に「交わること」と思いこんでいる外交関係者にできるはずはない。よほど腹の坐った外交官でも出てこないかぎりは。

とはいえ、日本にとって最も重要なことは、二度と負けないことである。勝たなくてもよいが、負けないことだ。

今の日本が、国内外の問題は数多あるにせよ、他の先進国に比べて有利な点が三つある。

政治が安定していること。

失業率が低いこと。

今のところにしろ、難民問題に悩まないですんでいること。

この三つは、大変に重要なメリットである。なぜなら、負けないでいて、しかも長つづきしたければ、自由と秩序という本来的には背反する概念の間でバランスを取ることで、双方の良さを発揮させることが必要だ。だがそれには、経済面での格差が限度内に留まっているという条件が欠かせない。この状況下ならば、二度と負けないための諸政策を、民主政を守りながら進めていけるのである。

西洋の歴史に親しむことで得た確信には、もう一つある。それは、強圧的で弾圧的で警察国家的な恐怖政治は短命で終わる、ということであった。

自由の乱用に嫌気がさした人々は、秩序を求める。だが、秩序再建を請負った側は、自派勢力の維持のためにもその秩序のわくを少しずつ縮めてくる。

そうなると、まずは息がつまってくる。次いで人々は、秩序は確立しても生活状態が悪化しつつあるのに気づいてくる。自由とは発想の自由でもあるので、その欠如は経済活動にまで及んでくるからだ。

この状態がエスカレートすると革命になるから、自由と秩序の間でバランスを取ることは、社会の健全さを保つうえで重要極わまりない「知恵」なのである。

わが日本は、今のところにしろ条件ならば整っている。だから、後はそれを活用する知恵を働かせる勇気だけ。

日本の次に私が愛するイタリアでは、日本が持っている三つのメリットのすべてがない。失業率は、全体では十パーセントを越え、若年層では四十パーセント。そのうえ地中海をはさんだ北アフリカからは、昨年一年間だけでも二十万人もの難民が押し寄せてくる。

こうなると、革命までは行かなくても、政治不安は確実に起る。政権与党である民主党は、改革を強調する前首相のレンツィ派と、戦前のファシズム時代のトラウマから、強いリーダーを見るやアレルギーを起してしまう反改革派に分裂し、その外側では、何であろうが既存体制の破壊を叫ぶ、五ツ星運動のリーダー・グリッロの、トランプも顔負けの怒声がひびきわたるだけ。

「持てる力」と言っても、個々別々に秀でているだけでは社会全体の機能向上には役立たない。イタリア人も、個々ならば、日本の同僚たちにも負けない能力の持主である。それが、政治の不安定、高い失業率、押し寄せてくる難民、という悪条件に邪魔されて、充分に発揮できないでいるのが現状だ。

イタリアだけを例にしたが、「良き状態」には決してないということでは、他の先進国も大同小異の状態にある。

これらの国に比べれば、日本は相当に恵まれているのだ。二度と負けないための「知恵」ぐらい、考えられないことはないでしょう。

拝啓、橋田壽賀子様

昨年(二〇一六年)の本誌十二月号の「私は安楽死で逝きたい」は読みそびれたけれど、今年の三月号に載った、医師の鎌田實氏との対談は読みました。悪いけれど、笑ってしまった。

あい変わらずの頭脳明晰に加えて、これまたあい変わらずのユーモアのセンスの豊かさ。壽賀子先生、これでは死ねませんよ。この二要素が合わさると、死ねないどころか、認知症にもなりにくいのです。

それでも、「もう、やりたいこともないんです。来週から飛鳥Ⅱでアジアクルーズに行きますけれど、別に行かなくてもいいんです」とおっしゃる。

クルーズの悪口を言う気はないけれど、出港して次の港に入るまでは、見るのは海だけ。それ以外は、おしゃれしての夕食と、歌と踊りのショーが提供されるだけの船旅を、長年にわたって人間の種々相を眺めつづけてきた私たちに、愉しめるものでしょうか。人間を見ながらの旅ならば、沿岸航行しかないのです。そしてクルーズは、豪華になればなるほど沿岸を見せてくれない。

また、先生は、スイスでの安楽死にもふれていらっしゃいます。これについては、スイスのすぐ南にあるイタリアに住んでいる、私のほうがくわしいかもしれない。

ヨーロッパでも、オランダとベルギーでは、厳しい条件つきにしろ安楽死を許可しています。ただしこの両国とも、自国の国籍を持つ人にかぎる、としている。

一方スイスだと、他国の人間でもOK。それで希望者が殺到していて、現状は順番待ちとか。

これを知ったときにも笑いましたね。保育所の待機児童を思い出してしまったのです。子供の頃も順番待ちで、死ぬときも順番待ちかと。

スイスという国は、日本人には、チョコレートとアルプスの平和国家としか思い浮ばないかもしれないけれど、おカネを払えばたいていのことはOKという国でもあるのです。

それで、安楽死させてくれるのにもおカネを求める。基本料金だと、一万三千ユーロとか。日本円だと、百五十万円前後。

しかも、安楽死させてくれると言っても、注射一本でOKというわけでもないのです。致死量の飲物が入ったコップは、自分の手で自分の口にはこび、自分で飲みくだすのを求められるので。

つまり、「ディグニタス」(尊厳)なんて名だけは立派なこの団体が運営する施設は、自殺の手助けをしてくれるだけ。これで百五十万円とは、いかにも、何でもおカネにしてしまうスイスらしい。

それでも問題は、これで終わりにはならないことなのです。この種の施設は人里離れたところにあるので、そこまで行く車がまず必要。さらにそれ以外にも、付き添い人が不可欠。遺体とともにもどってくる人ですが、この人が法にふれる危険があるのです。

日本は、安楽死を認めていません。その日本の人間が壽賀子先生のスイス行きに同行してくれても、彼か彼女が日本に帰国したとたんに、自殺幇助罪で逮捕される怖れがあるのです。

ならば安楽死を法で認めている国の誰かに頼めばとなるかもしれませんが、死出の旅路に付き添ってもらうのに、赤の他人でも良いとまで思うでしょうか。

というわけで、安楽死するのも容易なことではないのです。壽賀子先生も、観念なさってはいかがでしょう。

なにしろ、頭脳明晰にユーモアのセンス、そのうえ「血液の検査も毎月してるし、人間ドックも年に一度」という先生です。血液の検査は一度もしたことはないし、人間ドックに至っては試したことさえもない私に、それについて言う資格はないとは思いますが。

でも、先生はこうも言われている。「私にとってドラマを書くことはままごとみたいなものなんです。主人公になって別世界を楽しんでいる。だから、いくらでも書けるんです。ぜんぜん苦労がないんですね」

ここなんですよ、観念なさった後でもおやりになれることは。

以前と同じに脚本を書けと勧めているわけではありません。きちんとした脚本書きのコツを、無料で、若い脚本家志望者たちに、教えてあげてはどうでしょう。形も、学校というめんどうな形式でなく、先生は週に一度ぐらい、教わる人たちも、空いた時間に来るというゆるやかな形で。

そして、これを通じて、日本のドラマ界にカツを入れてほしいんですね。

日本のテレビドラマは、たるんでいます。女たちの視聴率を稼ごうとするあまり、明らかに男の時代であっても、主人公は女にする。それをまた、女の脚本家に書かせる。まずもって、女が書けば女が書ける、というわけではない。人間全般がわかっている女が書いたとき、始めて真の女が書けるのです。日本に帰ってもテレビのドラマだけは観る気になれないのは、作るほうも観るほうもたるんでいるから、そんなものに付き合っていると、こちらまでたるんでしまいそう。

この惨状にカツを入れてほしいんですね。まだこの悪習に汚染されていない若い世代に、ホンモノとは何かを教えることによって。

そして、ついに「時」が来たら、鎌田先生を頼って信州にでもいらっしゃれば？

安楽死の法制化を待ったりスイスに行ったりするよりも、よほど「安楽」だと思いますよ。

がんばり過ぎる女たちへ

私も女だから、同性たちの社会進出が盛んになるのは大歓迎である。だが、それに邁進中の同性たちを見ていて、ある種の絶望感を抱かずにはいられない。

なぜ彼女たちは、がんばり過ぎるのか。なぜ、男の先任者たちがやらなかったことだからやってやる、とでもいう想いで突走ってしまうのか。

誰もやらなかったことをやりたい、という想い自体は悪くない。だが、それを考えるのが女だと、男がやらなかったことだからこそやってやろう、という感じになってしまうのである。

イタリアでは、首都ローマと、北部の大都市トリノに、初めて女の市長が誕生した。しかも二人とも、既成政党である中道左派や中道右派とは別の「五ツ星」という名の、ポピュリズムの色濃い政治団体から出ている。

私自身は、怒れるイタリア人という感じの、大成できなかった元コメディアン率いるこの団体の価値をまったく認めていないが、地方選挙は地方自治体のトップを選ぶ選挙である。それに勝ったこの二人に対しては、お手並拝見という想いでいたのだった。

ところが、まだ一年も過ぎていないというのに、明暗がはっきり出てしまったのである。トリノの市長のマスコミへの登場率はいたく低いのに、ローマの市長は連日のごとくマスコミをにぎわすという形で。

マスコミとは、やるべき仕事を淡々とやっているだけでは報道してくれない。やるべき事柄は放置しておきながら、やらなくてもよい事柄にしつこくこだわっているとニュースにしてくれる。女であることでは同じ、年齢もおおよそのところは同年輩、適度に美女であるのも似ているこの二人の政治家としての業績は、一年も過ぎないうちに右左と言ってよいほどに分れてしまったのだった。

ちなみに、「五ツ星」のリーダーは元コメディアンだけに大衆の趣向を知っていて、候補者にはイケメン風の美男とさわやか風の美女を並べるのが定式。ローマ市長になったラッジ女史を日本の週刊誌は、美しすぎる市長、なんて書いていた。

それで、市民にとって重要不可欠な業務は淡々と進めているトリノ市長は措くとして、マスコミにニュースを提供することならば業績大というローマ市長に話をしぼると、今現在彼女が問題視しているのは、ローマに、サッカーのためだけのサッカー競技場を建てることである。

ローマに、サッカー場がないのではない。これまではずっとオリンピックもできるスタディウムを使ってきたのだが、サッカー試合を観た人ならばただちに納得してくれると思うが、サッカーのためだけに作られた競技場で観戦するのと、その他の陸上競技もやれるスタディウムで観戦するのではまったくちがう。

ローマには、「ローマ」と「ラツィオ」という二チームがあり、イタリアのセリエAの中でも常に上位にある強力チーム。ローマにサッカー専門の競技場を建てたいとは、サッカーへのファン度では人後に落ちないローマ市民の悲願であったのだ。

しかもその建設は、彼女の前任者の時代にすでに決まっていたのである。それを、市長になったとたんに彼女が、種々の理由をもち出しては、延期にするとか白紙にもどすとか言い始めたので、マスコミが騒ぎ始めたのだった。

まず持ち出したのが、建設予定地の汚染の危険性。その地には、かつては競馬場があった。だから汚染の問題は、馬が走っていた馬場ではなく、馬たちが収容されていた厩舎の跡地にあると言う。だがこの問題は、彼女の依頼で集まった専門家たちが、汚染度は限界内に収まっていると結論したのでそれでOKかと思ったら、彼女はひるまなかった。

次に持ち出したのは、近くを流れている川による水害の怖れあり、という理由。建設作業を請負っている会社の企画には、サッカー場だけでは採算がとれないのでその周辺にショッピングセンターやマンションも新設することもふくまれていたのである。それも前任者はOKを出していたのだが、彼女はNO。市長の最大任務はローマ市民の健康を守ることにあると言う女市長は、汚染度はゼロ、水害の怖れもゼロでなければ、許可しないと宣告したので、ローマのサッカー・ファンは、ということはローマ市民のほとんどは、がっかりすると同時に呆れかえっている。というわけで今のところは、何が何だかわからないままに凍結。マスコミだけが騒いでいる有様。

ちなみに、二〇二四年のオリンピック開催の候補に名乗り出ていたのに、それが決まる前に早々と辞退したのが、彼女が就任して最初にしたことだった。

ならば、地方行政のトップである責務は果しているのかと言えば、こちらは完全な落第。ローマの街中が汚れているのは、住民にも責任があるが、東京とは比べようもない数の観光客にもある。旅先とて気がゆるみ、飲み食いにもブレーキが利かなくなるのか、文明の民であるはずの欧米人なのに、汚しはするし史跡は荒らすしで、歴史と美を愛する人々の眉をひそめさせている。

ゆえにローマの街中の清掃だけでも、放っておいては悪化する一方なのだが、女市長は、清掃会社はワイロ漬けだと言って解体しただけで、それに代わる組織もスタートしていない。おかげで、ローマの清掃の責任者も、いまだに明確でない。

われわれ女たちが、女であることにこだわらずに課せられた任務を着実に果すようになるのは、いつのことであろうか。

見ているだけで美しい

今日はトランプが来ているので、ローマの都心部は厳戒態勢下にある。ローマ法王やその他のイタリアの要人たちと会うためだが、このような日は外出しないほうがよい。自宅に帰るだけなのに身分証明書の提示を求められるだけでは済まず、警備関係者が持っているこの近辺の居住者名簿と照らし合わせたうえで始めてOKが出るという有様。出ないにこしたことはない日がしばしばあるのも、ローマの都心に住む欠点の一つだが、なにしろ二日前には、マンチェスターでテロがあった。

というわけで家にいて要人の訪問もテレビで見るだけだが、今日は、イタリア語で言えば「ベッロ・ダ・ヴェデーレ」、日本語にすれば、「見ているだけで美しい」または「ステキ」、となる現象についての想いを述べてみたい。まじめ一方の人からは軽薄と叱られそうだが、実はこの一事は、成功するかしないかを分ける重要な要素でもあるのだ。

肉体面での美女や美男は、さして関係はない。ファッションショーでの男女のモデルと映画の男優女優を比べてみれば、魅力的なのは断じて後者のほうである。モデルはモデルにすぎないが、俳優たちは、生きた人間を演ずる人々なのだから。

ローマ法王との会見の場で「ベッロ・ダ・ヴェデーレ」と私に思わせたのは、トランプの娘のイヴァンカと夫君のカップルだった。

法王と大統領の二人だけの会見が終わった後でトランプが同行者たちを一人ずつ紹介していったのだが、その場でのイヴァンカをテレビの画面で見ながら、この人は情熱的な人だと思った。彼女は法王に、話の内容はわからないが、一生懸命に話しかけていたのだ。このような場でのプロトコールからは、逸脱していたかもしれない。だが、若さ丸出しの素直さが良かった。父親も素直だが、どうやらこの父と娘の素直さは、今のところにしろ、別の方向に向いているようである。

イヴァンカの次に紹介されたのは、彼女の夫のクシュナー。こちらのほうは、礼儀正しさと愛想の良さの絶妙な配合に話し方も簡潔で、法王をわずらわせた時間ならば、奥方の五分の一であったろう。だが、その「五分の一」が妻のプロトコール逸脱にバランスをとるためであったとしたら、頭脳明晰だけの男ではないのかもしれない。

一生懸命に話すものだからオッチョコチョイにもなりかねないということで思い出したのが、つい最近フランスの大統領に当選したマクロンである。三十九歳だそうだが、イタリアでもレンツィが首相になったのは三十九歳のときだった。一国を背負うというのに、若いうちは雑巾がけ、なんて言っている時代ではもはやないのだ。カナダのトルドーをご覧あれ。

それでマクロンだが、選挙運動中の一年間の彼を追ったドキュメンタリーを見たのだが、最も印象的であったのが、自分でリスクをすべて負う彼の態度だった。この三十九歳は、それまで属していた既存の政党から脱党、日本的に言えば「脱藩」したのである。何だか坂本龍馬を思い出すが、もちろんこの二人が対決した状況ならば完全にちがう。だが、一点だけは似ていた。つまり、会う人々を巻き込んでいく才能では似ていたのである。

この種の才能は、すべてが上手く行っている間は目立たない。目立ってくるのは、上手く行かなくなったときである。

選挙運動中も半ば頃までは、世論調査でのマクロンは、ようやく四位につけたという程度だった。なにしろ脱藩者なのだから、スタッフたちもボランティアばかりである。選挙のシロウトということだから、決選投票にも入らないかも、という現状を見せつけられてやる気も衰えたのだろう。

そのとき三十九歳は、檄を飛ばしたのだった。と言ってもスタッフ用の小部屋の中でだから、檄を飛ばすというよりも簡潔で明快な言い方で激励したにすぎなかったのだが。それでも、スタッフたちの気分は一新された。無鉄砲なくらいの若々しさで、一生懸命に説かれた末に。

その後の快進撃は、それまでは彼には目もくれなかったフランスの既成知識人たちも、注目せざるをえないようになる。一回目の投票では、堂々と一位で通過した。

決選投票に残った二人の間で行われた討論でも、三十九歳は壮快だった。フランスの左右いずれもの不満組が支持するル・ペン女史がこれまでの既成政党をしつこく非難するだけであったのに対し、もはや右派も左派もなく政治があるだけだと主張するマクロンは、政治家では大先輩のル・ペンに対し、いったいあなたは大統領になったら何をしたいのですかと追及をゆるめない。見ている側は、フランスにも野党疲れという現象はあるのだな、と思うだけである。

フランス人は、ゼネストをするとなるとイタリアのように間の抜けたストでお茶を濁すことなどはせず、ほんとうにゼネラルなストライキをする国民である。やりましたね、という感じで三十九歳の大統領が出現したのだった。

しかし、既成知識人の中にも、開けた人はいるらしい。マクロン現象について問われた人はこう言っていた。

「われわれに託された役割は、若き大統領が自分の力でどう育っていくかを、脇からサポートしていくことにあると思う。何はともあれ、われわれだってフランス人なのだから」

日本の大マスコミに、この度量と柔軟性はありますかね。

ドイツ統一の真の功労者

六月十七日、ヨーロッパ各国のテレビはいっせいに、ドイツの元首相ヘルムート・コールの死を報じた。

それを聴きながら、日本の元首相小泉純一郎が言ったという「政治家とは使い捨てにされるもの」を思い出していた。

そして、今私が書いている古代ギリシアのリーダーたちも、使い捨てにされたことでは同じなのだと思った。

「使い捨て」にされるには、まずは使ってもらわなくてはならない。民主政の国ならば選挙で絶対多数を与え、まあやってみなはれ、という感じで押し出してやらねばならない。大統領選に勝ったマクロンは議会選挙でも絶対多数を獲得したが、それをイタリア人は、ガソリンを満タンにしてやって、さあ行け、というフランス国民の意志の表われだと言っていた。

途中で給油所に立ち寄らなくてもよい状態で、つまり政局不安の心配もない状態にしてあげて、やってみなはれ、というわけだ。

これは国民が、国政の最高責任者に権力の行使を託したということである。

この面では、コールは恵まれていた。一九八二年から一九九八年までの十六年間、首相の地位にありつづけたからである。そしてこの人が最高に「使われる」、一九九〇年が近づいてくる。

その前年、ベルリンの壁が崩壊した。これをコールは、ドイツ人の秘かな願望であった東西ドイツの統一を実現できる、好機と見たのだろう。壁の崩壊は、東ドイツの崩壊。その東独を上手く崩せれば、東西ドイツの統一は成る、と。

だがあの時期、ドイツ以外のヨーロッパ諸国は、ドイツ統一に賛成ではなかったのだ。第一次、第二次と二度もの大戦によるトラウマで、強大化する可能性大のドイツの統一を喜ぶヨーロッパ人はいなかったのである。

英国のサッチャーもフランスのミッテランもNO。イタリアの首相だったアンドレオッティは、例の調子で、「ドイツを心底愛するわたしにとっては、愛する相手が一人でなく二人のほうが嬉しいですね」と言う始末。

西ドイツ内でも、東と西では経済力の差がありすぎるという理由で、経済界が反対。労働界も、東独からの安い労働力が入ってくれば西独の労働市場が破壊されるという理由で反対。国民投票にかけていたならば、反対多数でポシャっていただろう。

あの当時の情況をリアルタイムで追っていた私には、西ドイツ首相のコールは孤立無援に見えた。だがここから、後年になって「外交の傑作」と言われることになる、「目的のためには手段は選ばず」と言ってもよい手腕が発揮される。

まず、強大なドイツへの恐怖心までは持っていなかったらしい、米国大統領のブッシュ・シニアの支持を取りつけた。

次いでは、仏大統領ミッテランの支持の獲得。ミッテランには、統一後といえどもヨーロッパあってのドイツであり、ヨーロッパ無しのドイツは存在しえないと強調することで、説得に努めたようである。英国首相だったサッチャーも、この時期には敵ではなくなっていた。

同時に、ゴルバチョフの懐柔を始める。同じ時期、宿敵であった東ドイツのホネカーとも接触していた。東ドイツの崩壊を、穏やかに終えるための策であるのはもちろんだ。ドラスティックに瓦解した後では、統一の困難はさらに増すからである。

国内では、経済界の反対にも、労働界の強硬な反対にも、耳を傾けなかった。ドイツ連銀に至っては、反コール一色になった。コールが、強い西ドイツマルクと弱い東ドイツマルクを一対一で、つまり同等の価値での交換を公表したからである。

たしかにこれは、経済を無視した政策であった。しかしコールは、東西ドイツの統一を、経済ではなく政治の問題であると確信していたのにちがいない。もう一つ彼が信じていたのは、ドイツ人が胸中に抱きつづけてきた祖国の統一への熱い想いであったろう。

こうして、あの当時はほとんどの人が不可能と思いこんでいた東西ドイツの統一が、実現したのである。壁の崩壊から一年しか過ぎていない、一九九〇年の十月であった。

次の総選挙では、コールは大勝する。だがこの直後からコールを、統一のマイナス面が一挙に襲う。経済力の低下、大量の失業者の発生、等々。

改革とは新しいことに手をつけることだから、それによるプラスは、始めの頃は出てこない。反対にマイナスは、すぐに現われる。だから時間と忍耐が必要なのだが、それを理解してくれる人は少ない。九八年の選挙では、コール率いるキリスト教民主同盟は野に下った。

そのコールを政治の世界から追放したのは、政治資金スキャンダルである。だが彼は、自分の党に流れたとされた資金の、使途を明かさなかった。私の想像では、ゴルバチョフとその一派に流れた、と思うのだが。

「目的のためには手段を選ばず」ではあった。だが、あの時期を逃していたら、東西ドイツの統一は永遠に実現しなかったろう。

コールは、ベルリンの壁の崩壊に、不可能を可能にする勝機を見出したのだ。そしてそこに、思いきってくさびを打ちこんだのである。今ではそのコールを、ヨーロッパ中が、「ドイツ統一の真の功労者」と讃えるように変わっている。

「使い捨て」にはされた。だが、使った後で捨てられたのだから、これこそ政治家、政治屋ではない政治家、の生き方ではないだろうか。

政治の仕事は危機の克服

今執筆中の『ギリシア人の物語』の第三巻をもって、私の作家生活も五十年になる。それで、本格的な、つまり勉強して考えてその結果を書くという歴史エッセイは、これで終わりにしようと決めた。

集中力が衰えた、のではない。一年もの間集中力を持続するには欠かせない、体力が衰えたのだ。

そういうわけかこの頃は、五十年間西洋史を書いてきて、何を学んだのかと考えるようになっている。

三作ほど出版した頃だから昔の話になるが、何かの用事で母校を訪れた。私の母校は、学習院大学の哲学科である。そうしたら、学生時代の私を相当に痛めつけた、ハイデッガーを教えていた教授に出会った。ドイツ哲学を講ずる学者にしては皮肉を解する人だったが、そのときもこう言った。「この頃はきみも、勉強するようになったらしいね」

それで私も、シレッとした顔で答えた。「おカネを払って買っていただいているものですから」

つまり私は、作家になっていなかったら、学習院の伝統に忠実に優雅な有閑マダムになっていたのである。それが物書きになってしまったので、勉強もせざるをえないようになったというわけだった。

それで、五十年にもなる勉強で何を学んだのかだが、そのうちの一つを簡単に述べてみたい。なぜなら、簡単ではない詳細ならば、作品中に書いてきたのだから。

それは次のことだ。長期にわたって高い生活水準を保つことに成功した国と、反対に、一時期は繁栄してもすぐに衰退に向ってしまう国があるが、このちがいはどこに原因があるのか、という問題である。

前者の典型は、古代のローマ帝国と中世・ルネサンス時代のヴェネツィア共和国。

後者の好例は、古代ではギリシア、中世・ルネサンス時代ではフィレンツェ。

一国の歴史は、個人の一生に似ている。上手くいく時期ばかりではなく、上手くいかない時期もあるという点で似ている。

そして前者と後者を分ける鍵は、上手くいかなくなった時期、つまり危機、に現われてくるのだ。言い換えれば、危機をどう克服したかが、前者と後者を分ける鍵になるというわけ。

その「鍵」だが、何も特別に作ったものではなく、そこいらに簡単にある。ただし、その重要性を認識できた人だけが見つけ出せるもの、というちがいはある。

それは、持てる力や人材を活用する、ということだ。上手くいっていた時期に蓄積した力やその時期に育った人材を、停滞期の今だからこそ徹底的に活用してやろうという心意気でもある。

人材が飢渇したから、国が衰退するのではない。人材は常におり、どこにもいる。ただ、停滞期に入ると、その人材を駆使するメカニズムが機能しなくなってくるのだ。要するに、社会全体がサビついてしまうんですね。

高度成長期が終わった後に、このサビを実に巧みに取り除いたのが、ローマとヴェネツィアだった。他の国ならば繁栄期の後にはすぐに衰退に向うが、この二国だけはその間に、長期にわたっての安定成長期を持ったのだから。つまりローマ人とヴェネツィア人は、危機の克服を、これこそが政治であると考えて実行したのである。

反対にギリシアやフィレンツェでは、サビを取り除くのを、リストラという方法に訴える。歴史的に言えば、国外追放。おかげでギリシア時代のアテネやルネサンス時代のフィレンツェでは、テミストクレスやレオナルド・ダ・ヴィンチのような、頭脳流出の先例を作ってしまうことになる。

ちなみに、私の考える政治と経済のちがいは、回復を目指すという目標は同じでも、前者はリストラしないでの回復を追求し、後者はリストラしてでも回復するのが一番、と考えているところにある。だから、社員のリストラもしないでV字回復をやりとげた経営者は、経済人でありながら政治的なセンスもそなえた人ということになる。

ちなみに、をくり返すが、この頃の難民問題が人道的な感情だけでは解決できないのは、難民とは国家によるリストラだからである。

実際、人道的な想いで救いあげたものの、彼ら「経済難民」の入国を拒絶する先進国は多い。それで故国に返すのだが、故国が受け入れないのでそれもできず、救いあげたイタリアに貯まっていく一方、というのが、難民問題の現状である。

国家が黙認している「難民」なのだから、今や経済大国になっている中国も例外ではない。中国からの不法入国者がいまだに後を絶たないのも、その辺りに真の事情がひそんでいるからだろう。

そして、リストラしないで国を立て直すのと、リストラしてでも繁栄を手にするやり方を比べてみると、長期的に見れば前者が成功したのは、歴史が示すとおりだ。リストラ主義だと短期に回復を達成できるが、それとて長くはつづかない。

なぜなら、自分たちがもともと持っていた力と、自分たちの中にいる人間を活用するやり方のほうが、最終的にはプラスになってくるのだ。なにしろこの二つならば、輸入に頼る必要はないのだから。

なぜこうも簡単なことを、学界もマスコミも指摘しないのだろう。

あまりに平凡で簡単なことで、識者とされている人の口にすることではないと思っているのだろうか。

だが、歴史を書くこととは、人間世界ならばそこら中に散らばっている、平凡で単純な真実を探し出して読者に示すことでもあるのだ。有閑マダムもよいが、一生の選択としては悪くなかったと思っている。

■初出は文藝春秋二〇一三年十一月号～二〇一七年九月号

塩野七生（しおの ななみ）

1937年7月、東京生まれ。学習院大学文学部哲学科卒業後、イタリアに遊学。68年から執筆活動を開始。70年、『チェーザレ・ボルジアあるいは優雅なる冷酷』で毎日出版文化賞を受賞。この年よりイタリアに在住。81年、『海の都の物語』でサントリー学芸賞。82年、菊池寛賞。88年、『わが友マキアヴェッリ』で女流文学賞。99年、司馬遼太郎賞。2002年にはイタリア政府より国家功労勲章を授与される。07年、文化功労者に。『ローマ人の物語』は06年に全15巻が完結。『ルネサンスの女たち』『男たちへ』『ローマ亡き後の地中海世界』『十字軍物語』『ギリシア人の物語』など著書多数。

文春新書

1140

逆襲《ぎゃくしゅう》される文明《ぶんめい》　日本人《にほんじん》へ Ⅳ

2017年(平成29年) 9月20日　第1刷発行
2017年(平成29年) 10月5日　第2刷発行

著者　塩野七生
発行者　木俣正剛
発行所　株式会社 文藝春秋

〒102-8008 東京都千代田区紀尾井町3-23
電話（03）3265-1211（代表）

印刷所　理想社
付物印刷　大日本印刷
製本所　大口製本

定価はカバーに表示してあります。
万一、落丁・乱丁の場合は小社製作部宛お送り下さい。
送料小社負担でお取替え致します。

ISBN978-4-16-661140-9

◆経済と企業

金融工学、こんなに面白い　野口悠紀雄
臆病者のための株入門　橘　玲
臆病者のための億万長者入門　橘　玲
売る力　鈴木敏文
安売り王一代　安田隆夫
熱湯経営　樋口武男
先の先を読め　樋口武男
明日のリーダーのために　葛西敬之
こんなリーダーになりたい　佐々木常夫
もし顔を見るのも嫌な人間が上司になったら　江上　剛
定年後の8万時間に挑む　加藤　仁
強欲資本主義 ウォール街の自爆　神谷秀樹
ゴールドマン・サックス研究　神谷秀樹
新自由主義の自滅　菊池英博
黒田日銀 最後の賭け　小野展克
日本経済の勝ち方 太陽エネルギー革命　村沢義久

石油の支配者　浜田和幸
原油暴落の謎を解く 石油の「埋蔵量」は誰が決めるのか?　岩瀬　昇
エコノミストを格付けする　東谷　暁
就活って何だ　森　健
ぼくらの就活戦記　森　健
新・マネー敗戦　岩本沙弓
自分をデフレ化しない方法　勝間和代
JAL崩壊　日本航空・グループ2010
ユニクロ型デフレと国家破産　浜　矩子
新・国富論　浜　矩子
東電帝国 その失敗の本質　志村嘉一郎
出版大崩壊　山田　順
資産フライト　山田　順
脱ニッポン富国論　山田　順
税務署が隠したい増税の正体　山田　順
円安亡国　山田　順
通貨「円」の謎　竹森俊平

日本型モノづくりの敗北　湯之上　隆
松下幸之助の憂鬱　立石泰則
さよなら! 僕らのソニー　立石泰則
君がいる場所、そこがソニーだ　立石泰則
日本人はなぜ株で損するのか?　藤原敬之
日本国はいくら借金できるのか?　川北隆雄
高橋是清と井上準之助　鈴木　隆
契約の教科書 ビジネスパーソンのための　福井健策
企業法務の教科書 ビジネスパーソンのための　西村あさひ法律事務所編
会社を危機から守る25の鉄則　西村あさひ法律事務所編
サイバー・テロ 日米vs.中国　土屋大洋
非情の常時リストラ　溝上憲文
ブラック企業　今野晴貴
ブラック企業2　今野晴貴
エコノミストには絶対分からないEU危機　広岡裕児
『ONE PIECE』と『相棒』でわかる! 細野真宏の世界一わかりやすい投資講座　細野真宏
日本の会社40の弱点　小平達也
平成経済事件の怪物たち　森　功

文春新書好評既刊

塩野七生
日本人へ　リーダー篇

ローマ帝国は危機に陥るたびに挽回した。では、今のこの国になにが一番必要なのか。「文藝春秋」の看板連載がついに新書化なる

752

塩野七生
日本人へ　国家と歴史篇

ローマの皇帝たちで作る「最強内閣」とは？とらわれない思考と豊かな歴史観に裏打ちされた日本人へのメッセージ、好評第２弾

756

塩野七生
日本人へ　危機からの脱出篇

危機に対峙するために何が必要か。「賢者は歴史に学ぶ。愚者は歴史にも経験にも学べない」。歴史に通暁する著者の目に見えているものとは

938

片山杜秀
大学入試問題で読み解く
「超」世界史・日本史

東大、京大、一橋、早慶の歴史記述問題に片山教授が挑戦。イスラム世界を遡り、帝国憲法を読み解き、中国史の肝を摑む良問を厳選

1111

渡辺惣樹
戦争を始めるのは誰か
歴史修正主義の真実

二つの世界大戦は必要も理由もない戦争だった。戦後の「公式」の歴史観は、その「必要」や「理由」をいかにでっち上げたのか

1113

文藝春秋刊